徳 間 文 庫

晋平の矢立

山本一力

徳間書店

目次

船簞笥
ふなだんす

一

享保《きょうほう》二（一七一七）年の江戸は、正月から厳しい寒さに襲われた。

江戸っ子は「伊達《だて》の薄着《うすぎ》」が自慢である。いつもの正月なら素足に雪駄《せった》履《ば》きで、胸元から素肌を見せる見栄っ張りの初詣《はつもうで》客が、深川富岡八幡宮《はちまんぐう》や浅草寺《せんそうじ》には数多く見受けられた。

しかしこの正月の木枯らしは、そんな酔狂を容赦なく吹き飛ばした。分厚い綿入れに突き刺さった寒気は、江戸の住人を凍りつかせた。初詣客をあてこんでいた盛り場の茶店は、元旦早々からお茶挽《ひ》きの憂《う》き目に遭った。

冬場の火事を怖れる公儀は、火の粉を散らす焚《た》き火や裸火を固く禁じた。が、あまりの寒さにこらえきれなくなった町人たちは、役人の目から逃れて木《こ》っ端《ぱ》を燃やした。

焚き火は下町だけにはとどまらなかった。

南北奉行所勤めの役人が暮らす八丁堀と目と鼻の先にある京橋や尾張町《おわりちょう》は、日本橋につながる大路に老舗《しにせ》の並んだ商家町だ。

一月七日の昼過ぎ、江戸のどこよりも折り目正しいとされていた尾張町から、焚き火が引き金の火事が出た。木枯らしに煽《あお》られた火は長い舌を伸ばし、尾張町を焼き尽くした。

一面の焼け野原のなかに、崩れかけた土蔵が点在している。小間物問屋雑賀屋《さいかや》の土蔵ひとつだけが、漆喰壁《しっくいかべ》を焦《こ》がしながらも元の形を保っていた。

二

尾張町の五人組が深川冬木町《ふゆきちょう》の伊豆晋《いずしん》をたずねたのは、大火事からふた月が過ぎた三月十五日の朝五ツ（午前八時）前である。仙台堀《せんだいぼり》河畔の桜は連日の陽気ですでに散り始めており、風に舞う花びらが五人組組頭《くみがしら》美濃屋吉左衛門《きちざえもん》の羽織の肩に落ちた。

深川は大川端も佐賀町《さがちょう》も冬木町も、花吹雪となった桜が地べたにかぶさっている。やわらかな日差しを浴びる仙台堀の川面《かわも》にも、風に運ばれた花びらが浮いていた。

春ならではの見事な眺めだが、五つ紋の羽織で正装した尾張町五人組は、だれもが顔をこわばらせていた。

「ごめんください」

もっとも年若い雑賀屋庄右衛門《しょうえもん》が、伊豆晋の土間から声を投げ入れた。

庄右衛門は二十九歳の若さだが、声が小さい。しっかり鏝《こて》をあてたらしく、羽織にはひとつのしわもなかった。

月代《さかやき》は青々としており、朝方だというのに髷《まげ》の手入れも行き届いている。薄いくちびるは、紅を塗ったかのように艶々《つやつや》と赤い。しわのないひたいは、つるんとしていた。身なりも顔つきも、いかにも尾張町の若旦那という風情《ふぜい》である。

伊豆晋は施主《せしゅ》や大工棟梁《とうりょう》から頼まれて、建替え普請《ふしん》のために家屋を壊す『壊《こわ》し屋《や》』だ。同業は江戸に何十軒とあるが、蔵を手際よく壊せるのは伊豆晋だけだった。

いま庄右衛門たちが立っている土間の壁には、壊し道具の「向う鎚《むこづち》（長柄のついた鉄の大鎚）」「鳶口《とびぐち》」「掛矢《かけや》（樫《かし》などの固い木でできた大槌《おおづち》）」「おもちゃ（木製の小槌）」が、大きい順に並べられている。

道具の置き方を見ただけで、技量の確かさが伝わってくるようだった。

「あんたの呼びかけが届いていないんだろう。もう一度、下腹に力をこめて呼びなさい」

だれも出てこないことに焦《じ》れたのか、指図をする組頭の声が尖《とが》り気味である。

「分かりましたが、なにもそんなに尖らなくてもいいでしょうに」

庄右衛門が口答えをしたら、残る四人が息を合わせて睨《にら》みつけた。

「まったく年寄は気が短くていけない……」

あとの言葉を呑み込んだ庄右衛門が、もう一度呼びかけようとしたそのとき。

奥から大きな男が床板を鳴らして出てきた。

「お呼びになりやしたんで？」

背丈は五尺六寸（約百七十センチ）の見当だが、目方はざっと見ただけでも二十貫（七十五キロ）の上はありそうだ。

身体つきも大きくて目立ったが、なにより際立っているのが剃刀《かみそり》で剃《そ》ったばかりのような禿頭《とくとう》だった。頭髪がないかわりに、両の眉《まみえ》は太筆で描いたように黒々としている。

見るからに腕の立つ壊し屋といったいかつい容貌だが、声は身体に似合わず、細くてかすれ気味だった。

「冬木町の伊豆晋さんはこちらですね」

問いかける庄右衛門に、気後《きおく》れした様子はかけらもない。

「いかにもうちだが、おたくさんは」

「尾張町五人組でして、あたしは雑賀屋庄右衛門です」

大川を渡った深川を見下《みくだ》しているのか、たかが壊し屋だと嘗《な》めているのか、雑賀屋の口調はぞんざいである。

禿頭の大男は、返事もせずに庄右衛門を見詰めた。ひとから強い目で見詰められることに慣れていないらしく、庄右衛門が反《そ》らせていた上体を平らに戻した。

「川向こうからご苦労なこったが、尾張町の五人組さんが御用でもおありですかい」

大男は、川向こう、に力を込めた。

大川の東側、とりわけ永代橋《えいたいばし》を渡った先の深川から木場《きば》、辰巳《たつみ》にかけての一帯は、元禄《げんろく》のころから埋め立ててできた新しい町である。

尾張町や日本橋の老舗大店《しにせおおだな》では、陰では大川の東岸を川向こうと一段下に呼んだ。眉の太い禿《は》げあたまの男は、それを逆手にとってやり返してきた。

庄右衛門の無作法な口に負い目を感じていたのか、ここまでは尾張町の四人は口を閉ざしていた。が、川向こう呼ばわりされたことで、五人組の面々が気色《けしき》ばんだ。

「どうしたんだ、孔明《こうめい》……お客様じゃなかったのか」

いきり立っていた尾張町の連中が、その声を耳にするなり表情を戻した。それほどに、出てきた男の声は物静かなものだった。

「てまえはこの宿のあるじ、伊豆晋の晋平《しんぺい》と申します」

晋平は上がりかまちに膝《ひざ》をついてあいさつをした。孔明もあるじのわきで膝を折った。

「尾張町の五人組……と聞こえたように思いますが、てまえどもに御用の向きでもございましょうか」

荒っぽい壊し屋とも思えない、ていねいで落ち着いた問いかけである。それを受けた五人組は、組頭の美濃屋が一歩前に出た。

「うちの若い者のほうが、先に口のきき方を間違えたようです」

相手の出方に合わせてすぐさま態度があらためられるのは、さすがに尾張町の老舗あるじの器量だった。

「日本橋の丹後屋《たんごや》さんからうかがったが、こちらは蔵の壊しが得手《えて》だそうですな」

丹後屋とは江戸でも一、二の雑穀《ざっこく》問屋の大店で、伊豆晋の上得意先でもある。

「蔵の壊しなら、どちら様が相手でもひけはとりません」

晋平は無用な謙遜《けんそん》は口にしなかった。その答えに満足したらしく、美濃屋を含めた五人がこわばっていた顔をわずかにゆるめた。

「朝から断わりもなく五人で押しかけて申しわけないが、すぐにも話をさせていただければありがたいが……」

申しわけないと言いつつも、美濃屋はすぐにも座敷に上がりたそうに見えた。

「さいわい、うちもめずらしく職人の顔が揃っています。大した構いもできませんが、どうぞお上がりください」

晋平と孔明がわきにどいて、五人の客を招き上げた。

土間に五足の雪駄《せった》が並んだ。

どの履物《はきもの》も、極上の藺草《いぐさ》を用いた別誂《べつあつら》えの雪駄である。土間に脱がれた五足の履物が、尾張町の風格を謳《うた》いあげていた。

晋平が客を招きいれたのは、十坪の庭越しの陽《ひ》が差し込む十二畳の客間である。あるじの指図を受けた若い衆の手で、五組の座布団が庭を背にして並べられた。

十二畳の客間は広くはない。が、床の間もこしらえられており、晋平が背にして座った。雲間に隠れていた朝方の陽が顔を出したのか、座敷がさっと明るくなった。床の間の軸が浮かび上がった。

「早速ですが、よろしければ御用向きをうかがわせてください」

女房のおけいの手で客に茶が行き渡ったところで、晋平が美濃屋に目を合わせて口を開いた。ひと口すすった美濃屋が座り直した。

「正月の火事では、尾張町のだれもがひどい目に遭いましてなあ……いまでもまだ片づけが終わっていないありさまです」


一月七日午後の火元は、うわさでは何軒かが取り沙汰《ざた》されたものの、結局のところ分からずじまいだった。しかし御城に近い尾張町が丸焼けになったことを重く見た公儀は、鎮火から幾らも日を経ていない一月十一日に、大名火消し強化を諸家に下命したほどだ。


尾張町の商家はどこもがカネを日本橋の本両替に預けていたことで、店は焼け落ちても再普請の費《つい》えは充分にあった。強い火で焦がされた木はもろくなっており、焼け残った建物の取り壊しもさほどに難儀ではなかった。

厄介《やっかい》なのが土蔵の取り壊しである。

雑賀屋以外の蔵は、どこも内部にまで火が回り込んでおり、分厚い壁もすっかり傷《いた》んでいた。蔵の壊しも初めは町内鳶《とび》が請《う》け負《お》った。ところが猛火に炙《あぶ》られたとはいえ、蔵はさすがに丈夫である。

槌でぶっ叩いても、壊すことはできなかった。しかも手順をわきまえないまま壊しにかかった十五人の鳶は、いきなり崩れ始めた蔵の下敷きになって命を落とした。

大火事からふた月が過ぎても、町の方々には焼けただれた蔵が残っていた。雑賀屋の蔵は上部がわずかに焦がされただけで、見た目には傷んでいないかのようだ。

しかし現当主の庄右衛門は、縁起でもないから壊すと言い張った。縁起かつぎは大店にはつきものである。いくら年若い当主の言うこととはいえ、五人組のひとりである庄右衛門を諫《いさ》める者はいなかった。

思案に詰まった美濃屋が相談を持ちかけたのが、日本橋の丹後屋だった。

「深川の伊豆晋なら、蔵の壊しに手馴《てな》れているはずだ」

そう聞かされたのが昨十四日のことである。いっときでも早く町を再興したい五人組の面々は、丹後屋の添《そ》え状《じょう》も持たずに冬木町へと押しかけたのだ。

「話はうけたまわりました」

組頭の話を口を挟まずに聞き終えた晋平が、居住《いず》まいを正して美濃屋を見た。

「それで……いつから仕掛かればよろしいんでしょう」

「できることなら、たったいま、この場から始めていただきたい」

美濃屋が膝を乗り出した。

晋平は返事を控えて目を閉じた。

三

客間に春風が流れ込んできた。風は仙台堀の潮の香りをたっぷり含んでいる。

「みなさんがお急ぎなのは分かりますが、うちはいま、小石川馬場《こいしかわばば》の焼け跡始末を請け負っています」

思案を終えた晋平が目を開いて話し始めたとき、風と一緒に飼い猫が客間に入ってきた。

「それは伊豆晋さん、請け負えないと断わりを言われてるんですか」

またもや雑賀屋が口を尖らせて問いかけた。その物言いを聞いた猫が、晋平のわきで耳をぴくぴくさせた。

「違います」

答えた晋平は雑賀屋ではなく美濃屋を見た。

「小石川の大火事はご存知でしょう？」

問われた美濃屋が晋平の目を見ながらうなずいた。奉公人に指図をすることに馴れている男のしぐさだった。

「さきほど職人の顔が揃っていると申し上げたのは、小石川の段取りを詰めていたさなかだったからです。いい折りですから、差配連中を引き合わさせていただきましょう」

晋平に呼び入れられた三人の男が、客と向かい合わせに座った。晋平の右には掛矢頭《がしら》と現場差配の孔明、左には大槌差配の数弥《かずや》と足場鳶口《とびぐち》差配の嘉市《かいち》が座った。

晋平が差配連中を順に顔つなぎした。

「小石川の始末は、およそのところが見えたと孔明から聞きました」

小石川馬場の火事とは、一月二十二日の朝に出火し、まる一日燃え続けた大火である。一月には立て続けの大火事が起きたことで、江戸の町はへとへとになっていた。

「このあと孔明を尾張町に差し向けます。焼け跡を見てから細かな詰めをやりますが、うちで請け負わせていただきます」

「それはありがたい。よろしく願います」

美濃屋がしわのよった顔をほころばせた。重いやまいを抱えた病人が、やっと医者にめぐりあえたときに見せるような安堵の顔つきである。ほかの五人組の面々もおなじような表情で軽くあたまを下げた。

「受けてもらえるのは分かりましたが、費《つい》えの見積もりはどうなんですか」

問うたのは雑賀屋である。出入りの職人に納めの値を問い質《ただ》すような口調である。

「無礼な物言いをするんじゃない」

焼き物問屋の熱田屋善兵衛《あつたやぜんべえ》が、となりの雑賀屋をたしなめた。

「若い者は口のきき方を知らなくて申しわけない。ご面倒でしょうが、今日のうちに尾張町までご足労いただければ助かります」

頼み終えた熱田屋が、羽織の袖《そで》をぴんと引っ張って座り直した。それでもあたまを下げることはしなかった。

「このあとの段取りは、どちら様と詰めさせていただければよろしいんでしょう」

「あたしで結構です」

熱田屋が応えた。

五人組のかしらは美濃屋だが、店の格は熱田屋のほうが上らしい。火事場始末の掛け合いの場にまで、大店の旦那衆は序列を持ち込んでいるようだった。

「費えがいかほどになろうが、確かな仕事をしていただければ異存はありません。人手を惜しまず、手早く片づけてください」

「分かりました」

晋平がすぐさま応じた。熱田屋の物言いには、晋平に即応させるほどの威厳があった。

「壊す蔵は、幾つありやすんで？」

現場差配の孔明が話を引き取った。

「十八です。そうですな、美濃屋さん」

掛け合いの仕切りが熱田屋善兵衛に移っている。かしら役の美濃屋がうなずいた。

「十八の蔵を幾日で壊すんで?」

「できれば、この月のうちに願いたい」

「この月とは、三月中ですかい?」

熱田屋は鷹揚《おうよう》にうなずいたが、孔明たちは互いに顔を見合わせた。

「途方もない人手とカネがかかります」

晋平の声がさきほどとは違っている。静かながらも相手を突き放すような口調だった。

「費えは問わないと申し上げたはずだが」

「カネですべてが片づくわけではありません。蔵をひとつ壊すには、十人がかりで四十日はかかります。それも晴れの日が続いての話です」

「四十日はかかり過ぎだ」

口を挟んだ庄右衛門を睨《にら》みつけてから、熱田屋は晋平に向き直った。

「人手を増やせば詰められますかな」

「理屈ではそうでしょうが、腕利きを集めるには限りがあります。三月中のしばりは、この場ではとても請け合えません」

「分かりました」

熱田屋が折れた。雑賀屋庄右衛門は不満顔を隠さなかったが、美濃屋と他のふたりの肝煎《きもいり》連中は熱田屋の仕切りにうなずいた。

「ならばなおさら早く、そちらの孔明さんに焼け跡を見ていただきたい」

「昼過ぎには行かせてもらいやしょう」

孔明が出向くことを引き受けて、掛け合いが終わった。

「あたしは煙草《たばこ》道具を商《あきな》う菊水屋《きくすいや》茂兵衛《もへえ》です」

おけいがいれた新しい茶に口をつけつつ、菊水屋が晋平に問いかけを始めた。

「これは今度のこととはまったくかかわりのない話だが……」

五人組のなかでは、菊水屋がもっとも年長者である。上の前歯二本が抜けており、話すのが億劫《おっくう》そうだ。

「伊豆晋さんは道具を商っておいでかな」

道具とは書画骨董《こっとう》のことである。晋平がこの日初めて笑顔を見せた。

「やはりそうか。どうにもさきほどから、床の間の掛け軸が気になって仕方がないんだが、あれはことによると……」

「雪舟です」

晋平が気負いなくさらりと答えた。菊水屋があとの言葉を呑み込んだ。

「壊しの蔵から出るものを見ているうちに、素人なりに道具の目利《めき》きを覚えました。菊水屋さんも道具はお好きですか？」

「好きもなにも、身代をそっくり道具集めに遣《つか》っておられたお方です」

熱田屋が口を挟んだ。晋平がいぶかしげな目を菊水屋に向けた。

「熱田屋さんは遣っておられたと言われましたが、いまはもうやめたんですか」

菊水屋はすぐには答えなかった。湯呑みを何度も回し、ひと口ひと口茶をすすった。

また春風が部屋に流れ込んできた。幾ひらかの桜の花びらが、菊水屋の膝元《ひざもと》に舞い落ちた。猫がひげを動かした。

湯呑みを置いた菊水屋は、その花びらを右手でつまんでから晋平を見た。

「うちは蔵を持っていなかったものでねえ……今度のことで、そっくり焼いてしまいました」

見た目と同じように、菊水屋は声も枯れている。歯抜けの口から出る言葉は、普通にしゃべっていても哀《かな》しげに聞こえた。

だれもが黙り込んだ。

雑賀屋ですらも、しわのない顔が重く沈んで見えた。

「みなさんには、さぞかし難儀なことだったと思います」

晋平の顔が引き締まっていた。

「一日も早く片づけて、町が生まれ変わるお手伝いをさせてもらいますから」

菊水屋の一件で、壊し屋と五人組との間にあったわだかまりが消えたようだった。

「それでは向こうでお待ちしています」

伊豆晋の土間であいさつをする五人組は、あたまの下げ方に気持ちがこもっていた。晋平たちも深く辞儀をして応えた。

「菊水屋さん……」

帰りかけた菊水屋を晋平が呼び止めた。

「壊しがすみましたら、もう一度冬木町までお越しください。それほどの掘り出し物はありませんが、楽しんでもらうぐらいはできるでしょうから」

菊水屋が顔をほころばせた。

火事に遭ってから初めて見せた笑い顔かもしれなかった。

四

揃いの真っ赤な半纏《はんてん》を着た伊豆晋の職人たちが、正午の鐘の鳴り終わりとともに、大八車を引いて尾張町に着いた。

輻《や》（車輪の骨）に樫《かし》を使い、数を八本に増やして車輪を頑丈にした別誂《べつあつら》えの車である。荷台には高さ三尺、長さ六尺、幅四尺の桜板で拵《こしら》えた巨大な道具函《ばこ》が作りつけられている。函の両側には『深川冬木伊豆晋』と書かれていた。

車引きは五尺五寸（百六十七センチ）の数弥で、後押しに嘉市がついている。五尺八寸（百七十六センチ）の上背がある嘉市は、道具函のてっぺんにあたまを並べていた。

車の先導役は孔明で、右手には差し渡し一尺の大きな糸巻きを手にしていた。現場の寸法を測る巻尺だが、長さ三十丈（九十メートル）のタコ糸が巻かれており、目方が二貫六百（約十キロ）もある。

孔明はどこにでも、糸巻きを道具函には納めず手にさげて行く。禿頭の大男が、桜で拵えた一尺の糸巻きを手にして歩けば、目を惹《ひ》くことおびただしい。しかも着ているのは背中に伊豆晋と白く染め抜いた赤半纏だ。

孔明たちが尾張町に着くと、焼け跡を片づけていた奉公人たちが手をとめて見とれた。

五人組が話していた通り、尾張町は一面の焼け野原と化していた。数寄屋橋《すきやばし》から三原橋《みはらばし》へと続く大路と、日本橋から芝口橋《しばぐちばし》への大通りとが交わる辻が尾張町一丁目である。

雑賀屋はこの辻の角店《かどみせ》だ。孔明たちは車を雑賀屋の焼け残った蔵のわきに着けた。大通りの両側に建ち並んでいたはずの店が、いまは一軒も残っていない。

「孔明あにい、芝口橋が素通しにめえるぜ」

車の梶棒をおろした数弥が重たくつぶやいた。焼け出されたひとを悼《いた》む思いが、数弥の声音にあらわれていた。

弥生《やよい》のやわらかな陽が一面に降り注いでいる。大川端の桜に降っていたものと同じ陽を、焼け焦げた蔵の瓦《かわら》が浴びていた。

大きく息を吐き出してから、孔明は右手をひたいにかざしてあたりを見回した。

「蔵は十七だ」

尾張町を見渡し終わると、数弥と嘉市に壊す蔵の数を伝えた。

「熱田屋さんは十八だと言いやしたぜ」

「おれもそう聞いた。あんたが数え間違えるとはめずらしいぜ」

数弥と並んだ嘉市が、孔明に異を唱えた。現場差配は孔明だが、歳《とし》は嘉市のほうが三つ上である。物言いには遠慮がなかった。

「ここの雑賀屋の蔵まで加えたら十八だが、これを壊すことはねえ。どうでえ嘉市さん、あんたの見立ては」

返事のかわりに嘉市は、雑賀屋の蔵を見回り始めた。数弥も一緒について回った。あらかじめ庄右衛門から聞かされていたらしく、赤半纏のふたりが蔵を見回り始めても、咎《とが》める奉公人はいなかった。

「たしかにこの蔵はしっかりしてる。なんだって熱田屋さんも雑賀屋さんも、これも壊すと決めたんでえ」

伊豆晋の三人が首をかしげているとき、二丁目のほうから雑賀屋庄右衛門が急ぎ足でやってきた。

「向こうで熱田屋さんと美濃屋さんが待っていますから、みんな一緒にきてください」

雑賀屋の口調は、あいかわらず奉公人相手のようにぞんざいである。数弥が顔をしかめたが、孔明が目顔でたしなめた。

「雑賀屋さんは、この蔵を壊す気でいなさるんですかい」

「そうですが、それがなにか……」

庄右衛門は、孔明の問いに返事をするのも億劫《おっくう》そうだった。

「外回りを見ただけでやすが、壁はしっかりしてるようだし、鉢巻《はちまき》（屋根と壁とのつなぎ目）も、蔵の扉もでえじょうぶのようだが」

「だから、それがどうしましたかときいてるんです」

庄右衛門は孔明よりも一寸ほど背が高い。口をきくのも面倒だと言わんばかりにあごをあげたら、孔明を見下すような形になった。

「あにいに、なんてえ口をきくんでえ」

深川で引き合わされたときから庄右衛門が気に食わなかったらしく、数弥が両手をこぶしに握った。こめかみに血筋が浮いている。こうなったときの数弥は、施主が相手でも構わず歯向かうのだ。

嘉市が数弥の半纏の袖《そで》を引いた。

職人がいきりたっても庄右衛門は平気らしく、数弥を見ようともしなかった。

「今朝もうちのかしらが言いやしたが、蔵ひとつ壊すには十人で四十日はかかる」

「それはもう聞きましたから、何度も言われなくて結構です」

「だったら雑賀屋さん、無駄な壊しはひとつでも省いて、早く始末をつけさせるのが五人組さんの役目じゃありやせんかい」

孔明の話し方は変わらず穏やかだ。が、雑賀屋を見る目には強い光が宿っていた。

「もっとも、なかを見ねえことには、うちらも壊すの壊さねえのは言えやせん。残りの肝煎さんと段取りを詰めるめえに、ここの蔵をみせてもらえやせんか」

「それは無用に願いましょう」

強い目で睨まれていながらも、雑賀屋は怯《ひる》まずに断わりを口にした。

「無用にって……壊すとなりゃあ、うちらがへえらねえことには進みやせんぜ」

我慢のきれかかった孔明が、太い眉の根をわずかに上げた。これで顔に凄味《すごみ》が出た。が、それでも雑賀屋は壊し屋を蔵のなかに入れる気はなさそうだ。

孔明のうしろに立っていた数弥が前に出てきた。様子のおかしいことに気づいた雑賀屋の奉公人が、五人組を呼びに走りだした。

孔明と雑賀屋とが睨みあう形になった。数弥がさらに一歩踏み出そうとしたとき、熱田屋と美濃屋とが駆け寄ってきた。

「なにが起きたんだ、雑賀屋さん」

問われても雑賀屋は返事をしない。

「この旦那が、あんまり聞き分けのねえことを言うんでね……」

雑賀屋のかわりに数弥が口を開いた。

「あにいとちょいと揉《も》めてたとこでさ」

「なんだね、揉めてるというのは」

雑賀屋の気性を分かっているらしい熱田屋は、孔明ではなく庄右衛門にきつい声で問い質した。それでも雑賀屋は答えようとはしない。渋い顔のまま、熱田屋は孔明にわけを聞かせて欲しいと頼んだ。

孔明は蔵の見立てを話し、いまは無駄な壊しに人手をさくべきではないと伝えた。熱田屋と美濃屋が大きくうなずいた。

「あたしも、伊豆晋さんの言う通りだと思うがねえ」

「あたしもそう思う」

美濃屋が口を添えた。

「尋常なときならあんたの我がままに我慢もするが、いまはそうじゃない。そもそもあんたは……」

「美濃屋さんもお待ちなさい」

たまっていた意趣を美濃屋が吐き出そうとしたのを、熱田屋が抑えた。美濃屋は血が上ったような赤い顔のまま口を閉じた。

「雑賀屋さんの言うことは辻褄《つじつま》があわない」

熱田屋が庄右衛門に近寄った。

「蔵を壊すなら、伊豆晋さんの言われる通り、なかを見てもらうしかないだろう。なにをそんなに意固地になってるんだね」

道楽息子をたしなめるような、熱田屋の話し方である。場をまかせたのか、伊豆晋の三人は一歩下がって口を閉じていた。

「あんたも後始末に追われて気が昂《たか》ぶっているんだろうが、全部をひとりで背負い込まずに、少しは番頭さんに任せたらどうだ」

熱田屋に番頭と口にされて、庄右衛門が顔つきをさらに歪《ゆが》めた。

「ところで雑賀屋さん、番頭の徳助《とくすけ》さんはどこに行ったんだ……三月に入ってから顔を見かけないが……」

「言われてみれば、確かにこのところ徳助さんを見かけないね」

美濃屋が熱田屋の言い分をなぞった。

「分かりましたよ。蔵に入れば気がすむなら、好きなだけ入ってもらいましょう」

庄右衛門が開き直った。

番頭のことには答えず、手代に言いつけて蔵の鍵を持ってこさせた。

「熱田屋さんも美濃屋さんも一緒にどうぞ」

先に立った庄右衛門は、蔵の扉にかけた真っ黒な錠に鍵を差し込んだ。ガチャンと大きな音を立てて、錠が弾けた。外した錠前と鍵とを小僧に手渡した庄右衛門は、蔵の扉を手前に開いた。

火事に遭ったというのに、分厚い扉はきしみもしなかった。

「ずいぶん軽々と開くじゃないか」

熱田屋が思ったことを口にしたが、庄右衛門は答えるかわりに先に入った。伊豆晋の三人があとに続き、美濃屋と熱田屋がそのあとについた。

外にあふれる陽光が蔵のなかにまで届いている。明かりがなくても蔵の床がはっきりと見えた。

しかし天井には光が回りきっておらず、壁の上部もよく見えない。

「提灯《ちょうちん》か龕灯《がんどう》はありませんかい」

「ここは焼け跡ですからね」

庄右衛門の答え方はにべもない。

「うちのを持ってこい」

孔明に指図された数弥は、道具函を開いて種火と、三本の百目《ひゃくめ》蠟燭《ろうそく》を持ってきた。種火で油紙に火をつけると、炎を蠟燭に移した。

蔵の中が明るくなった。

さらに二本の蠟燭が灯され、孔明と嘉市が手に持つと、天井にまで明かりが届いた。

数弥は蠟燭を手にして蔵のなかを見回り始めた。収めてあった小間物簞笥には、焦げ目もなく無傷である。四方の壁も焦げてはおらず、蔵に火が入った跡はなかった。

「あにい……ここに来てくれ」

数弥の声が差し迫っている。蠟燭を手にした孔明が数弥に近寄った。

「どうかしたのか」

「これを見てくだせえ」

数弥が壁と床との境目を指差している。壁の最下部には、一尺五寸（四十五センチ）角の穴があいていた。

五

「雑賀屋さんが渋々折れやしたんで、ひとつ減って十七蔵です」

冬木町に戻りついた孔明たちは、茶も飲まずに晋平に顚末《てんまつ》を聞かせ始めた。陽が長くなりつつあるが、春と秋は駆け足で夕暮れがくる。暗くなる前に話し終えたい孔明は、いつもより早口になっていた。

「数弥と嘉市さんとで手分けして、十七全部を見回りやした。ほとんどの蔵が傷《いた》みがひどくて、壊すほかはありやせん」

「雑賀屋さんの蔵だけが無事か」

孔明の見立てに、晋平は万全の信を置いている。壊すほかはないと断じたものへの余計な問いはせず、雑賀屋の次第をたずねた。

「明暦《めいれき》三（一六五七）年の大火事のあとで造り直したてえやしたから、ざっと六十年は経った蔵です」

「それが焼けなかったのか?」

晋平が顔色を動かした。

「壁の厚みは一尺五寸の上はありやした」

土蔵の壁はどこも厚いが、それでも一尺の厚みはまれである。一尺五寸ときいて、ものにはあまり驚かない晋平が目を見開いた。

土蔵は、柱と柱の間に丸竹か細丸太を縦横に組んだ木舞《こまい》をかき、これに縄をかけて泥土を塗り固めたものが壁の芯となっている。確かな蔵を造るには、泥をしっかり乾かすのが肝要である。芯の泥土が乾くまでには、暑い江戸の夏場でもおよそ二十日はかかった。

芯ができれば、さらに何度も何度も泥土を塗り重ねてゆく。ときには何枚も新しい木舞を編むこともある。木舞を重ねれば重ねるだけ、蔵の拵《こしら》えがしっかりするからだ。

蔵の多くはなかが二階建てである。ゆえに屋根の下の鉢巻までで、高さがおよそ二丈(約六メートル)にもなる。

これだけの壁を拵えるには、数年がかりになることもまれではなかった。

雑賀屋の蔵は並のものより一段と大きかった。孔明がタコ糸を垂らして測ったところ、屋根のひさしから地べたまでが二丈半（七メートル五十センチ）もあった。

「小間物問屋に、どうして酒蔵ほどもあるような蔵がいるんだ」

「分かりやせん。蔵にへえりやしたが、格別どうてえことはありやせんでした」

「高さが二丈半で壁が一尺五寸だろう？」

「間口三間、奥行き七間でやしたから、二十坪そこそこの蔵でやす」

これを聞いて、晋平がさらに怪訝《けげん》そうな顔になった。

「二十坪ならごく並の広さだろう」

晋平が孔明を膝元まで呼び寄せた。

「厚みが一尺五寸というのは、おまえの思い違いじゃないか？」

「いや、違ってやしやせん」

めずらしく晋平が見立てに首をかしげたが、孔明は気にしている様子もなく、いつもの口調で言い切った。

「蔵には穴があいてやした。それを測りやしたから、思い違いのすき間はねえんで」

「なんだ、穴があいてたというのは」

孔明は、雑賀屋が蔵にひとを入れたがらなかったことから話し始めた。火事騒動のあと、古手の番頭が行方知れずになっていることも聞いた限りを伝えた。

「あの雑賀屋の若いあるじは、ひとを見下したような、やな野郎だと思っていたんでやすがね……」

孔明がわずかにうしろに下がった。あまりに晋平に近寄りすぎていて、話がしにくかったようだ。

「蔵に穴があいてるわけは、ほんとうに知らねえようだし、この騒ぎのさなかに番頭がふけちまったことが重なって、精一杯に胸を反《そ》らさなきゃあで、気負ってたんでさあ」

晋平が得心したうなずきを見せた。

「重てえものをうちらに吐き出したことで、さばさばしたようでやしてね。けえる間際には、なにとぞよろしくと、気い入れてあたまをさげてやした」

「それはなによりだ。明日から取りかかれそうか」

「尾張町には昼間のうちに、初小川《はつおがわ》の差配にきてもらっときやした。明日からの段取りを向こうも始めてやす」

初小川とは、今戸《いまど》の壊し屋仲間である。大きな請負仕事を引き受けるときには、伊豆晋と初小川とは互いにひとを融通しあっている。

孔明がいつでも手配りできる職人や人夫《にんぷ》は、およそ二百人だ。いつもならこれだけの数が揃えば充分だが、今回は一度に蔵の壊しが十七である。しかも客は、四十日で始末をつけて欲しいという。

蔵壊しの現場で使う、足場用の丸太や竹、縄を揃えるだけで大仕事である。その調《ととの》えには、孔明たちが尾張町に出向いている間に晋平が動いていた。

「じつは孔明、願ってもない助っ人がうちにわらじを脱いでくれるそうだ」

晋平から指図された手伝い小僧が、客間にひとりの男を案内してきた。晋平に手招きされた男は、孔明たちと向かい合わせに座った。

「大坂の徳次郎《とくじろう》親分からの添え状を持ってうちをたずねてこられた鳶の一通《いっつう》さんだ」

「一通でおま。しばらくやっかいになりますさかい、あんじょう付きおうてくんなはれ」

深川ではあまり耳にしない上方《かみがた》言葉だ。しかも髪は白髪のほうが多そうで、日焼けはしているものの顔はしわだらけだ。

背丈は五尺五寸（百六十七センチ）見当だが、目方は十四貫（五十三キロ）そこそこしかなさそうだ。

身軽さは鳶の身上だから、痩身《そうしん》は恥ではない。しかし一通の細くて老いた身体では、足場の丸太一本かつぐのもきつそうだった。

それでも晋平はすでに助っ人として迎え入れることを決めている。それに添え状を書いた徳次郎は鉄の町大坂堺湊《さかいみなと》で、鳶宿と貸元《かしもと》とのふたつを束ねており、ひとの目利きでは図抜けた男だ。

一通に先にあたまをさげられた孔明たちは、あぐらの膝に両手を置いて辞儀を返した。

「明日からはきつい日が続く。今夜は気持ちよく呑んで、骨休めをしてくれ」

料理自慢のおけいの手料理に加えて、晋平は汐見橋《しおみばし》の濱田屋《はまだや》から仕出しを取っていた。明日からの上首尾を願って、縁起ものの鯛《たい》の尾かしらつきである。間のいいことに、この日の濱田屋は、房州勝浦《かつうら》の真鯛を手に入れていた。

ていねいにうろこをはがし、塩をあたって炭火で焼いた真鯛は、冷めても旨《うま》さが落ちていない。

酒は一通が手土産に持参した灘《なだ》の下り酒、福千寿《ふくせんじゅ》である。福千寿は永代橋たもとの酒問屋稲取屋《いなとりや》が、上方から一手に仕入れている。大坂を発《た》つときにそれを徳次郎から聞かされていた一通は、土産に四斗の薦《こも》かぶりを佐賀町から運ばせていた。

一通の筋目の通ったあいさつを知って、孔明は気持ちを解《と》きほぐした。ひと一倍長幼の序にうるさい孔明は、年長者が筋を通したときには、素直に受け入れることができた。

辛口の福千寿は、白身の塩焼きと絶妙の相性である。おけいがこしらえた味噌《みそ》とねぎのぬた、春野菜の炊き合わせも酒にはなによりの肴《さかな》である。

晋平も福千寿にはごきげんの様子だった。

酒が入るとあまり物を食べない男だけに、金山寺《きんざんじ》味噌をなめながらやる灘酒には、目がなさそうだ。

酒は進んだが、一座のだれもが壊し屋である。翌朝からの仕事を考えているのか、乱れる者はいなかった。

「なんだって雑賀屋さんは、蔵のあんなところに一尺五寸もの穴をあけたんでしょうね」

徳利《とっくり》を孔明に差し出しながら、昼間から解けない謎を数弥が口にした。一通が盃《さかずき》を膳に戻して数弥を見た。

「蔵に穴があいておますのか」

はるかに年下相手にでも、一通はていねいな口をきいた。問われた数弥も徳利を置いた。

「一尺五寸もある壁に、向こう側まで突き抜けそうなほどの穴があいてやした」

「ひょっとしたら、その穴は壁の一番下のところやおまへんか？」

「その通りですが、それがなにか？」

数弥から逆に問われた一通は、すぐには返事をしなかった。口を開いたのは、手酌で一杯やってからである。

「雑賀屋はんいわはるんは、在所は越後やおまへんか」

「そいつは分からねえや。孔明あにいは知ってやすかい」

「いや、おれも雑賀屋さんとは今日初めて口をきいたばかりだ」

言ってから孔明は一通に徳利を差し出した。

「越後がどうかしやしたかい？」

注がれた酒を一気に飲み干した一通は、おのれの膳の徳利で孔明に返した。孔明は盃に持ち替えて一献《いっこん》を受けた。

「蔵を見てみんことにはなんともいえまへんが、ひょっとしたらわけが分かるやもしれまへん」

孔明に笑いかけた一通の顔が、しわに埋もれていた。

六

現場初日の三月十六日も、夜明けから気持ちよく晴れた。伊豆晋が十一蔵、初小川が六蔵の壊しを担《にな》う取り決めである。

足場に使う丸太は、蔵ひとつ当たり三十本で、都合三百三十本だ。伊豆晋足場差配の富壱《とみいち》は、木場の川並《かわなみ》を雇い入れて、大川から三十間堀《さんじっけんぼり》までをいかだで運ぶ段取りとしていた。

三十間堀三原橋たもとで陸揚げすれば、あとは尾張町までわずか二町（約二百二十メートル）の道のりだ。

「そいじゃあ出かけやす」

丸太置き場に向かう富壱を、土間でおけいが切り火を打って送り出した。

明け六ツ（午前六時）になると、伊豆晋の前にひとの群れができた。孔明が手配りした職人と人夫たちである。総勢およそ二百人が、てんでに自前の半纏を着ていた。

「今日から向こう四十日の間は、おめえたちの身体を伊豆晋に預けてもらうぜ」

高さ三尺の踏み台に立つ孔明の口上《こうじょう》に、二百人が声を揃えて「がってんだ」と答えた。張り詰めた顔で台のわきに立っている晋平は、赤半纏姿でなんどもうなずいた。

「めしは昼夜の二度、現場の賄《まかな》いから好きなだけ食ってもらうし、三日に一度は酒もつける。みんな、気張ってやってくれ」

荒っぽい男たちを束ねる孔明の、気迫に満ちた口上が終わった。ひとの群れから、うおおうという喚声《かんせい》が沸《わ》き上がった。

「かしら、出かけやす」

踏み台からおりた孔明が、晋平とおけいに辞儀をした。下げられたあたまに、おけいがこの朝二度目の切り火を打った。

二百人の男が五十人ずつの四列に並んだ。列の先頭には伊豆晋の赤半纏を着た孔明、嘉市、数弥に一通が立っている。尾張町までの道は、どこも横四列で歩ける幅があった。

道具函を載せた荷車は、尾張町の番小屋に停《と》めてある。糸巻きを手にした孔明のほかは、三人とも手ぶらだった。

初めの一歩は右端の孔明が踏み出し、すぐに三人が続いた。四列二百人の男たちが動き出した。

富岡八幡宮の大鳥居を過ぎ、仲町《なかちょう》やぐら下に差しかかったところで、孔明が江戸木遣《きや》りを歌い始めた。数弥と嘉市があとを追い、列の連中も調子を合わせた。

江戸の木遣節を知らない一通は歌には入れなかったが、嬉しそうに聞き入っている。木遣りは尾張町まで歌い続けられた。

現場に着いたあと、孔明は二百人を嘉市にゆだねた。嘉市は男たちを引き連れて、丸太の陸揚げ手伝いに三原橋へと向かった。

「蔵を確かめに行くぜ」

孔明は数弥と一通とともに、雑賀屋の蔵に顔を出した。庄右衛門は二百人が歌った木遣りの粋《いき》に上気したのか、頬《ほお》を赤くしていた。

「すぐ蔵に入りますか？」

庄右衛門の口調が親しげなものに変わっている。孔明がうなずくと錠前があけられた。

まだ六ツ半（午前七時）過ぎで、朝日が蔵には届いていない。それを見越していたらしく、庄右衛門は百目蠟燭を用意していた。

「一通さん、これが穴です」

数弥に呼ばれて穴を見た一通は、奥行きの深さを確かめてから蔵を出た。東の空を大きな朝日が昇り始めていた。周りの商家はすっかり焼け落ちており、弱い陽が漆喰壁に当たっている。

蔵の周囲を歩き、高さを見定めてから一通はなかに戻った。

「孔明はんは、この蔵の高さを測られましたんやろ」

「昨日のうちに測りやした」

「二丈半あったんとちゃいますか？」

「その通りですが……」

「やっぱりそうやったんか」

ひとりで得心している一通から早くわけを聞きたいらしく、孔明と数弥が焦《じ》れたような顔つきである。

「あと、もうひとつ、ふたつ確かめたら、ちゃんと話しますよって」

一通は庄右衛門から百目蠟燭を受け取ると、穴の真上を手で触り始めた。

「孔明はん、その巻尺で穴から三尺上に目印を描いてもらえまへんか」

孔明は言われるままにタコ糸を引き出して、穴の上端から三尺の場所に丸を描いた。その丸印の周りをふたたび触っていた一通が、なにかを感じたらしい。

「数弥はん、ここを触っとくなはれ」

数弥がすぐに応じた。

「どないです。そこだけ手ざわりがちごてますやろ」

「確かに漆喰の塗り方が違う」

「そこの壁を一尺見当で剝《はが》してみなはれ。木舞のなかに、きっと書付《かきつけ》が塗り込められてますよって」

一通の物言いには迷いがなかった。

数弥と孔明は問い直しもせず、壁剝しのノミで漆喰を削り取った。一寸（三センチ）の厚みの漆喰が剝されたら、泥壁が出てきた。

「ごついことせんと、大事に剝してや」

いつの間にか一通が指図をしていた。出てくるものを知りたい一心で、孔明と数弥は指図を受け入れた。

一尺五寸の壁は、芯にたどりつくまでに三枚の木舞が組まれていた。竹編みの木舞にぶつかるたびに、孔明はノミを器用に使って竹と縄とを取り除いた。

「あっ……出てきたぜ」

壁を剝し始めて四半刻《しはんとき》（三十分）が過ぎたとき、数弥がお目当てのものに行き当たった。

「紙やったら破らんように気いつけてな」

「言われるまでもねえって」

おのれに言い聞かせるようなつぶやきが、数弥から漏れた。

泥壁のなかから掘り出したのは、油紙で何重にも包まれた書付だった。

「ご当主のあんさんがあけなはれ」

数弥から包みを手渡された庄右衛門は、もどかしげに油紙を開いた。開いても開いても油紙が続いている。七枚開いて、やっと書付が出てきた。

孔明が蠟燭の明かりを近づけた。

「そんなことしたらあかん」

一通が厳しい声で叱《しか》りつけた。

「紙がふるなってるよって、うっかり火がついたらわやや。おもての明るいとこで見たらええやないか」

「ちげえねえ」

あたまを掻《か》きながら孔明が答えた。

書付を手にした庄右衛門が先に出て、あとに三人が続いた。

朝日のなかで見ると、紙が黄ばんでいるのが分かった。しかし墨文字はいささかも色褪《いろあ》せていない。

『書置きの事』

細筆書きの文字が楷書で書かれていた。

書付は巻紙だが、さほどに厚くはない。庄右衛門がていねいな手つきで巻紙をほどいた。

「深川相川町《あいかわちょう》　正源寺裏《しょうげんじ》　おこん殿　雑賀屋庄右衛門」

巻紙をほどき終えても、書かれていたのはこれだけだった。

「なんのことだ、これは……」

庄右衛門があとの言葉を失っていた。孔明も数弥もわけが分からないという目である。

「雑賀屋はんは、あんさんで何代目でおますのや」

「三代目です」

答える庄右衛門の声には力がなかった。

「あんさんのご先祖はんは、越後から出てこられたんちゃいますか」

庄右衛門がわずかに首を縦に動かした。

「あんさんと先代とは、うまいことといってまへんでしたやろ」

ぶしつけなことを問われて、気の抜けたようだった庄右衛門の目に怒りが浮かんだ。

「ここが大事なとこやさかい、気いわるうせんと答えてくんなはれ。先代がお達者やったころ、あんさんはえらい無茶して、先代から愛想尽かしされましたやろ？」

「そうだったとして、それがどうしたというんですか」

庄右衛門が気色ばんだ声で答えた。

一通は何度か深い息を繰り返してから雑賀屋を見た。

「深川相川町をたんねてみなはれ。行方知れずになってるいう番頭はんも、その穴に入ってたもんきっと見つかりますわ」

「一通さん」

孔明が話に割って入ってきた。

「なにが穴に入ってたてえんです？」

言い切る一通に、みんなの目が釘付《くぎづ》けになっていた。
「船箪笥《ふなだんす》ですわ」

七

雑賀屋は尾張町一丁目辻の、およそ二百坪の四角い角地である。お店《たな》出入りの町内鳶の手で、他家との境目に綱が張られている。

蔵のわきに設けられた板張りの掘っ立て小屋が、焼け跡始末の奉公人たちの休み所だ。庄右衛門は孔明、数弥、一通の三人を小屋に招き入れた。

もてなすといっても、七輪で沸かした湯茶ぐらいしかできない。それでも出された茶は宇治で、湯呑みは雑賀屋家紋入りの伊万里焼だった。

「船箪笥いうのは、北前船《きたまえぶね》船主《ふなぬし》の命綱ですねん。船が沈みそうになったら、箪笥抱えて飛び込むんや。箪笥はぷかぷか浮くさかい、しがみついとったらなんとか助かる……」

北前船とは日本海を帆走した北国廻船《ほっこくかいせん》のことである。千石の荷を運ぶといわれた帆船は、畳百五十五枚大の巨大な帆を張っていた。

当時としては大型船だが、所詮は風まかせの帆船だ。時化《しけ》に遭うとひとたまりもなかった。一通が話した通り、船が沈みそうになると船主は簞笥を抱えて飛び込んだ。

船簞笥は総桐で、寸法は一尺（約三十センチ）から一尺五寸（約四十五センチ）のサイコロ形。錠前つきの扉を開くと、数段の小引き出しが拵えられている。

簞笥には手形や証文、小判などが収められていた。桐の簞笥は軽く、荒海に投げ出された船主がしがみついていても沈まなかったという。この船簞笥造りの職人が多くいたのが、越後である。

「簞笥に命をすくうてもろた船主は、蔵の壁に埋め込んだんやそうや」

「そうはいうが一通さん、雑賀屋さんがこの蔵を造った明暦三年には、尾張町で小間物問屋をやってたはずだ。船にはかかわりがねえと思うぜ」

孔明は得心していない。数弥も庄右衛門も同じように納得してない様子だった。

「大火事はもう六十年も前のことや。先代はいつ亡くならはったんや？」

「赤穂浪士が切腹させられた年です」

「赤穂浪士の切腹いうたら……元禄《げんろく》十六（一七〇三）年の二月やなかったかなあ」

「十四年も前のことですが、親父が御上の仕置をひどく怒っていたのを覚えています」

庄右衛門が、当時を思い返すような目を見せた。

「あんさん、そのとき歳はなんぼでおましたんや」

「十五です」

「さっきもたんねたことやが、先代とはうまいことといってなかったんでっしゃろ？」

今度は庄右衛門が素直に認めた。

「先代の享年《きょうねん》は？」

「五十七です」

「それやったら、明暦の火事に遭うたときはまだ十一や。さぞかし怖かったやろなあ」

一通が話していることの先行きが分からず、数弥が焦れ始めた。その気配を察したらしく、一通は茶をひと口すると話を変えた。

「船簞笥を抱えとったら船主は助かることもあったやろが、船頭はあかんかったやろ。そやさかい、最後まで船を守って命をすくうてくれた船頭の供養やいうて、命の恩人の名を書いた書付を、簞笥から三尺上の壁に塗り込んだそうや」

庄右衛門は、手に持ったままの古い書付に目を落とした。

「先代は火事に遭うたあと、堀か川に逃げたんや思うわ。そんとき、書付のおこんはんいうひとに命を助けてもろたんや」

見立てを話し終えた一通が、ぬるくなった茶の残りを飲み干した。

孔明は押し黙っている。さきほどまで焦れていた数弥も、いまは神妙な顔だった。

「いまは親父も母も、当時の奉公人もいませんから、一通さんの話を確かめようがありません。でも、船簞笥のことはどうしても腑に落ちません」

「なにがあきまへんのや」

「雑賀屋初代は間違いなく越後の出ですが、船主でも船頭でもなかったし、船にかかわりがあったとも聞いた覚えはありません」

「それがどないしましたんや」

「ですから……うちにそんな簞笥があったわけがないんです」

庄右衛門が語気を強めた。が、一通は気にもとめておらず、聞き分けのないこどもに言い含めるように話に戻った。

「先代が箪笥を持ってたとは言うてまへんで。箪笥はきっと、そのおこんはんの持ち物や」

「えっ……どういうことですか？」

「おこんはんが、こどもやった先代にしがみつかせたんですわ」

「あっ……そうか……」

庄右衛門から驚きの声が漏れた。

「もっとも、おこんはんもなんとか命は助かったんでっしゃろ。そやさかい、名前も住んでるとこも分かってたんやから」

数弥の目が、一通の物識《ものし》りぶりを称《たた》えている。いまでは孔明も、すっかり話に引き込まれていた。

「あんさん、いまでもひとりもんでっしゃろ……隠さんでもよろしい。あんさんがひとりもんやよって、今度の火事が起きたとき、番頭はんは船箪笥を持ち出したんやから」

壁に埋め込んだ船箪笥は、その家を継ぐ長子が妻を娶《めと》った夜に受け継ぐのが慣《なら》わしである。長子がひとり者であるときは、ことが生じて簞笥に災厄《さいやく》が迫り来ると思われたときは、簞笥の所在を明かされていた者が壁から取り出して、恩人のもとに届ける……。

一通の話の途中から、庄右衛門は居住まいを正していた。

「あんさんの器量がいまひとつ分からんかったやろうから、先代は番頭はんに託したんやろなあ」

「………」

庄右衛門は口を閉じたまま、一通を正面に見てうなずいた。

「まだ相川町におるかどうかは分からんけど、番頭はんが行きっぱなしいうことは、なんとかたんね当てたんや思うで」

「相川町なら大川端だ。この足ですぐに行ってみやしょう」

「現場はどうする」

気が昂ぶって勢い込む数弥を、孔明がたしなめた。

「わてが残るわ。そのうち嘉市はんも戻ってくるやろ」

「だったら数弥、おめえと庄右衛門さんとで行ってこい。おれと一通さんが残ってりゃあ、現場はなんとでもなる」

孔明の口調が、一通を頼りになる仲間だと認めていた。

深川相川町正源寺は、永代橋を東に渡った右手奥にあった。

先代住持は昨年七月に没したらしく、応対に出てきた住持はおこんの名を知らなかった。

が、伊豆晋の赤半纏と尾張町雑賀屋の半纏とを見たことと、庄右衛門の話をほんとうだと察したらしいことで、こだわりなく寺の過去帳を調べてくれた。

おこんにゆかりのある者がいるかどうかを、確かめるためにである。帳面をめくっていた住持が、つづりの中ほどで手を止めた。

「これではござらんかの」

住持が過去帳の右端を示した。

『俗名おこん　相川町正源寺裏参番　元禄十六年三月十六日没　享年六十三』

庄右衛門が持参した書付の町名と、ぴたりと符合するものが記されていたが、すでに没していた。

「親父と同じ年が没年です」

おこんはすでにこの世にはいない。手がかりが途絶《とだ》えたと思った庄右衛門から、気落ちしたような小声が漏れた。

「過去帳によれば、ひとり娘の方がいまでも暮らしているご様子ですぞ」

庄右衛門の顔がいきなり明るくなった。

「庄右衛門さん……三月十六日なら、今日が祥月命日《しょうつきめいにち》てえことじゃありやせんか」

あまりのめぐりあわせに、数弥の声が裏返っていた。

「おこんさんの墓は、こちらにございますのでしょうか」

「本堂裏手の墓地にございます。お参りなされるなら、小僧を案内につけましょう」

同じ場所にひとが暮らしていると知って、庄右衛門は気を落ち着けて墓参ができた。線香ふたつとしきび二対《につい》を求めてから、小僧の案内で墓地に向かった。数弥もあとに続いた。

陽の高さから推《お》して、ときは四ツ半（午前十一時）の見当である。正源寺は古い寺らしく、植わっている桜も老木ばかりだ。すでに盛りを過ぎていたが、それでも散り遅れた花びらが幾ひらも墓地に舞っていた。

「その角を曲がればすぐです」

墓地の角で小僧が立ち止まった。

「あとはそちらさまでお参りを願います」

立ち去ろうとした小僧を呼び止めた庄右衛門は、ポチ袋の駄賃を手渡した。常に心付けをたもとに忍ばせているのは、さすがに尾張町老舗のあるじだ。小僧は深々とした礼を残して歩き去った。

線香を庄右衛門が持ち、しきびは数弥が抱えて角を曲がった。

すぐ先に、新しい線香から立ちのぼる煙が見えた。三十前後の女性が墓石の前で手を合わせている。お参りしていたその女性は、近寄る庄右衛門たちの気配を感じて目を開いた。

庄右衛門が先に辞儀をした。

女性も立ち上がり、軽い会釈《えしゃく》を返した。

近寄る庄右衛門の足が早くなった。

「おこんさんのお嬢様でらっしゃいますね」

「おこなと申します」

おこなは背丈が五尺四寸ほどある大柄な女性だった。紺色江戸小紋に包まれた尻は、やわらかな形をくっきりと描き出している。

切れ長の目だが、瞳は大きい。みずから名乗ったおこなは、潤みを帯びた両目で庄右衛門を見た。

ふたりの目が絡《から》まり合った。

「何十年も昔のことですが、あなたの母様に親父は命を助けていただいたはずです」

気が急《せ》いている庄右衛門は、前置きもなしに、墓参もせずに話し始めた。

「亡くなりました母の実家が、嫁入り道具に持たせたものだと聞かされていました」

薄く紅をひいたくちびるには、濡れているような艶《つや》があった。

「母の命日に雑賀屋さんとお会いできましたのも、なにかのめぐりあわせでしょうが……わたしはお会いできるものと信じておりました。徳助さんも同じ思いだと思います」

「やはり番頭がおたくさまに」

うなずくおこなの髷に、ふたひらの桜の花びらがふわりと落ちた。

「どうぞお参りをお願いします」

おこなが墓前をゆずった。

庄右衛門が供えた線香の煙がたゆたっている。その煙のなかを舞う花びらは、まるで喜んでいるかのように、ひらひらと揺れていた。

〈注〉
船簞笥という言葉は後世、柳宗悦氏らによって使われ始めたもので、実際に現物が使われていた当時はこういう呼ばれ方がされていたわけではない。しかし本篇では読み易さを優先し船簞笥という言葉を用いさせていただいた。

うずくまる

一

享保《きょうほう》二（一七一七）年三月十八日。江戸尾張町に明け六ツ（午前六時）の鐘が流れたとき、町はすでに明るかった。

本来なら六ツには商家の小僧が店先の掃除を始める時刻である。しかし一月の大火事で町ぐるみ焼け出された尾張町には、まだ新しい店は普請《ふしん》されていない。掃除をしようにも、する店先がなかった。

それでも個々の商家は敷地を荒縄で囲い、焼け残った土蔵のわきには掘っ立て番小屋を構えている。六ツの鐘を聞いて、方々の小屋から不寝番《ねずのばん》の小僧が起き出してきた。

「おはよう竹どん」

足袋《たび》と袋物を扱う相馬屋《そうまや》の小僧金太郎《きんたろう》が、大声で朝のあいさつをした。相手は八間（十四メートル強）幅の大通りをへだてた呉服屋、小野田屋《おのだや》の小僧竹吉《たけきち》である。

「今日も一日晴れそうでよかったね」

まだ寝起きなのに、金太郎は名前の通り元気がいい。竹吉の返事はいまひとつだった。

「どうしたんだよ、竹どん。晴れてくれたら、蔵の壊しもはかどるじゃないか」

「金ちゃんところは、足場も出来上がってるからいいけどさあ……うちはまだ、足場の穴掘りも始まってないもん」

大通りの真ん中に出てきた竹吉は、膨《ふく》れっ面《つら》で小野田屋の蔵を指差した。目で追ったあと、金太郎はいぶかしげに竹吉を見た。

「どうして竹どんところは、まだなにも進んでないの？」

「木が足《た》んないんだってさ」

「木って……足場の丸太のこと？」

問われた竹吉がこくんとうなずいた。

「ぼうず、じゃまだぜ」

丸太を担《かつ》いだ職人がふたりに声を投げつけた。いつの間にか、通りを多くの職人が行き来しはじめていた。

「なんだよ、竹どん。あんなにひとが運んでるじゃないか」

「あれは初小川《はつおがわ》っていう組のお職人さんたちさ。うちは金ちゃんところとおんなじ伊豆晋組《いずしんぐみ》だもん」

丸に初の字が染め抜かれた半纏《はんてん》の背を、竹吉はうらやましげに見詰めていた。

同じ朝の同じころ。深川冬木町の伊豆晋では、唇をぎゅっと閉じ合わせた足場差配の富壱《とみいち》が晋平《しんぺい》にあたまをさげていた。

「いいから、つらをあげてくれ」

晋平の声に尖《とが》りはなかった。

「あと何本、都合をつければいいんだ」

「備えを含めて六百六十本です」

「だとすれば、都合九百九十じゃないか。おまえの胸算用の三倍もいるとはどういうことだ」

「蔵の大きさの勘定を間違えやした」

伊豆晋の差配たちが尾張町の焼け跡を下見したとき、富壱は加わっていなかった。嘉市《かいち》から高橋《たかばし》の壊し場片づけを任されたからだ。

下見を終えた嘉市たちから焼け跡のありさまを聞き取ったとき、富壱は昼間に振舞われた酒が残っていた。

「よそよりも尾張町の蔵は大きいぜ」

見立てを告げた孔明《こうめい》の言い分を、富壱はうっかり聞き逃した。

壊しは、晋平が初小川に助《す》けを頼んだ。

これを聞かされていた嘉市、孔明、数弥《かずや》の三人は、伊豆晋から運ぶ丸太が三百三十本と知っても、富壱と初小川とで話し合いができているものだと思っていた。

二百人の手伝い職人や人夫《にんぷ》を、冬木町から尾張町に連れて行くことと、十一の蔵を壊す段取りに差配たちの気が行っていたがゆえの手違いだった。

「わかった。あとは任せろ」

「申しわけありやせん」

読み違いを詫《わ》びたあとは、富壱の返事もきっぱりしていた。

「ことの始まりでよかったじゃねえか。今日のうちに手当てがつけば、施主《せしゅ》も納得してくれるだろう」

晋平がおだやかな声で笑いかけた。が、目は笑っていない。富壱は見詰められた目からは逃げなかったが、背筋が張った。

配下の者が誤りをおかしたとき、晋平は声を荒らげることはしない。物静かな声と笑い顔で話を閉じるのがくせだった。しかし目元が崩れていないだけに、余計に凄味《すごみ》がある。

この顔に見詰められると、肝《きも》が据《す》わっていると仲間内で一目置かれている孔明ですら、膝が後退《あとずさ》りした。

「掛け合う先は大島村《おおじまむら》の徳力屋《とくりきや》でいいな？」

決まりきったことだが念のため、という口調で晋平が富壱に確かめた。

徳力屋は大島村小名木川《おなぎがわ》沿いに、千坪の丸太置き場を持つ、丸太専門の損料《そんりょう》屋《や》である。足場丸太の賃貸しを頼まれると、いかだに組んで小名木川伝いに運ぶか、自前の荷馬車を連ねて指定の場所まで運ぶ。

いかだを操る川並《かわなみ》が四十人、荷馬車が二十台もある、江戸一番の丸太損料屋である。

いきなりの注文で右から左に六百六十本の丸太が用意できるのは、徳力屋のほかは大川を上った隅田村《すみだむら》の島忠《しまちゅう》ぐらいだ。尾張町までの地の利を考えても、抱える丸太の数を考えても、徳力屋がはるかに図抜けている。

ところが富壱は返事をためらった。

「どうした、徳力屋は気にいらないのか」

「そうじゃねえんでやすが……ちょいと義理がわるいんでさ」

「なんだ、義理がわるいとは。おれは払いを溜《た》めたことは一度もないぞ」

「そんなことじゃねえんで……」

足場指図では一町先まで届くといわれる、富壱の声が消え入りそうだ。

「これから忙しいんだ。はっきり答えろ」

めずらしく晋平が声を尖らせた。

「徳力屋の犬のことなんで」

「犬だとう？……」

思いもよらない答えを聞いて、相手の言い分をなぞる晋平が声をひっくり返した。

「親方は徳力屋の九兵衛《きゅうべえ》さんを知ってやすでしょう」

「親しく話したことはないが、もちろん顔は知っている」

「あの旦那は滅法《めっぽう》な犬好きなんでさ」

「おまえが犬にわるさでもしたのか」

「面目《めんぼく》ねえ……」

富壱の背中が丸くなり、さらに声が小さくなった。

徳力屋九兵衛が飼っている犬は三匹いるが、なかでも一番可愛がっているのが玄関わきで番をしている川上犬《かわかみけん》だった。

信濃千曲川《ちくまがわ》沿いの山村、川上村が種の起こりとされる川上犬は、狼と掛け合わせて生まれた黒犬である。小型ながら気性は荒く、飼い主のほかには馴《な》れることをしない。九兵衛はひとに媚《こ》びない犬の気性を買い、玄関わきにつないで番をさせていた。

去年の夏の昼ごろ、富壱は若い者をふたり連れて丸太の借り受け掛け合いに徳力屋に出向いた。当時の施主に急《せ》かされて、追加の足場を組む必要に迫られてのことだった。

本所《ほんじょ》から大島村まで足を急がせたことで、富壱も若い者も汗まみれだった。その臭《にお》いと、汗まみれの身なりを見て、川上犬が激しく吠《ほ》えかかった。

「しっ……あやしいもんじゃねえぜ」

最初はおだやかに接していた富壱だったが、犬はつながれた縄をちぎらんばかりである。折悪《おりあ》しく奉公人の休みどきで、犬が騒いでもなかからだれも出てこなかった。

吠え続けられて富壱の我慢が切れた。

休みなしに駆け足できたことに、施主にせっつかれた苛立《いらだ》ちが重なっていたからだ。気性の荒さでは、富壱は川上犬に負けるものではなかった。

犬に近寄ると上から睨《にら》みつけた。

「うるせえ」

怒鳴られると、さらに吠え方が激しくなった。富壱は素早い手つきで犬の首を摑《つか》み、口を右手でぐいっとはさんだ。犬は暴れたが、富壱の力が勝《まさ》っていた。

「いい加減にしねえと、犬鍋《いぬなべ》にして食っちまうぞ。わかったか、このくそったれが」

「犬鍋がどうしたというんだ」

富壱も若い者ふたりも、犬に構っていて気づかなかったが、九兵衛が姿をあらわしていた。五尺二寸(百五十七センチ)の背丈は並だが、目方は二十四貫(九十キロ)もある。太った男は汗っかきが相場だが、九兵衛は真夏でもあわせを着ていた。

それでいて、ひたいには汗も浮いていない。あたまは孔明同様の禿頭《とくとう》で、唇は分厚い。

何年か前に髪が薄くなり始めたのを知ったとき、九兵衛は迷わずあたまを剃《そ》った。夏にあわせを着て熱燗《あつかん》を呑むことや、濃い眉の根元が釣り上がっている見かけが、九兵衛の頑固さをあらわしていた。

「あんまりこの犬が吠えるんでね」

犬の口から手を放して立ち上がった富壱は、きまりわるげにあたまを掻《か》いた。

「吠えるから番犬に置いてある」

飼い主があらわれて元気が戻ったらしく、犬がふたたび激しく吠え始めた。九兵衛は、ひと睨みで犬を黙らせた。

「なんの用だ」

九兵衛があごを突き出した。

「急な入り用で、丸太を一束《いっそく》（百本）貸してもらいてえんで」

富壱はこれまで、徳力屋からは何度も賃貸しを受けていた。しかしあるじの九兵衛と掛け合ったわけではなく、手代の新吉《しんきち》が伊豆晋の掛《かかり》である。間のわるいことに、新吉が顔を出す前に犬に吠えられ、九兵衛と出くわした。

「貸してもいいが、犬に詫《わ》びろ」

「なんですって」

「犬鍋にされると聞いて、犬が気をわるくしている。貸す貸さないは詫びのあとだ」

「詫びねえと貸さねえてえんですかい」

「そう言ったつもりだが、うまく呑みこめなかったか」

「元禄のお犬様でもあるめえに、犬に詫びるなんざ勘弁《かんべん》してくんねえ」

若い者の手前もあり、富壱はぞんざいな口調で断わった。

「それなら物別れだ、帰ってくれ」

九兵衛はさっさと玄関に戻って行った。

犬がまた吠え始めた。


「徳力屋とはそれっきりなんでさ」

「手代とも会ってないのか」

「去年の秋口に、向こうの手代がうちにつらあ出したんですが……」

「追い返したんだろう」

言われた富壱は目を伏せてうなずいた。

「六束と六十揃えるには、徳力屋に頼むしかないだろう」

「へえ……」

「わけは分かった」

いまの晋平は心底から笑っていた。

「伊豆晋の半纏を着た男が、犬に詫びてたまるか。おまえはよくやったよ」

この朝、富壱が初めて顔を明るくした。

二

晋平は大島村まで猪牙舟《ちょきぶね》を仕立てた。

舟を操るのは晋平と幼なじみの船頭、深川大和町《やまとちょう》の堅太郎《けんたろう》である。七歳のころからともに仙台堀《せんだいぼり》で泳ぎ、亀久橋《かめひさばし》から飛び込みをやった間柄だ。先を急ぐ晋平には、だれよりも頼りになる船頭だった。

堅太郎は仙台堀を東に走り、崎川橋で交わった横川《よこかわ》を北に進んだ。横川は川幅十二間（約二十二メートル）の大きな堀川で、深川と本所とを結ぶ廻漕《かいそう》に欠かせない水路である。

まだ朝の五ツ（午前八時）だというのに、上方からの下り物を大川河岸《がし》で積み替えた艀《はしけ》が、何杯も川を行き交っていた。

晋平が乗った猪牙舟は、艀に比べれば長さも幅も半分以下である。しかも艀を漕《こ》ぐのは、運んだ積荷の数で手間賃が決まる、歩合の船頭がほとんどだ。

堅太郎のすぐわきを、三丁櫓《ろ》の艀が走り過ぎた。下り醤油を運んでいるらしく、積荷から特有の香りが漂ってきた。

香りはよかったが、艀が起こした横波が猪牙舟を大きく揺らせた。

晋平と堅太郎が目を交わした。

短くうなずいた堅太郎は、首の手拭《てぬぐ》いを細く絞ってあたまに巻いた。

のんびりギイッ、ギイッときしんでいた櫓が、ギッ、ギッと勢いのよい音を立て始めた。

横川河畔の桜並木は、深川でも遅咲きで知られている。三月十八日だというのに、桜はいまを盛りに咲き誇っていた。昇りくる朝日を、淡い色の花びらが群になって照り返らせている。

わずかな風が、幾ひらもの花を川面に舞い散らせた。櫓を漕ぐ堅太郎の太い腕にも花びらが落ちた。

ギッ、ギッ。

船頭の二の腕に力こぶが盛り上がっている。見る間に艀に追いついた堅太郎は、並ぶ間もおかずに抜き去った。

艀の船頭三人の顔色が変わった。

横川を走る艀を抜く猪牙舟など、いるわけがない。うっかり先に出たりすると、三丁櫓の船頭たちに、どんな仕返しをされるか分かったものではないからだ。

艀の船頭たちが三尺長い櫓に替えた。

漕ぎ方もギッ、ギッと早くなった。

ひとたび勢いがつくと、積荷が重い分だけ速くなる。あっという間に猪牙舟の左斜め後ろについた。

「堅太郎、うしろに来たぞ」

猪牙舟の舳先《へさき》に座っていた晋平が、振り返って船頭に教えた。

懸命に漕いでいる堅太郎は、言葉ではなく、あごをしゃくって晋平に指図した。

晋平がすぐさま腰を上げて艫《とも》に移ろうとした。猪牙舟に並びかけた艀が、わざと左舷にぶつけてきた。

猪牙舟が大きく揺れた。

「猪牙でしょんべん、千両」

揺れる猪牙舟でしょんべんがうまくできるまでには、千両の遊び代がかかるという喩《たと》えだ。それほどに猪牙舟は揺れる。

しかし、ガキの時分から川にも舟にも馴染《なじ》んできた晋平は、揺れに調子をあわせてうまく座った。

座るなり、舟に横たわらせてあった長い櫓を堅太郎に手渡した。

櫓が替わって猪牙舟が吠えはじめた。

舳先がぐいっと持ち上がり、一気に船足《ふなあし》が速くなった。艀の体当たりをうまくすり抜けると、ふたたび前に出た。怒り狂った船頭たちは堅太郎を追って、川の真ん中へと舵《かじ》を切った。艀の舳先が次第に左へと向きを変えた。

そのとき。

正面左から、深川に向かう艀二杯が連なって走ってきた。堅太郎はすぐに右岸に寄った。身軽な猪牙舟ならではである。

ところが醤油樽を目一杯に積んで勢いのついている艀は、すぐには向きを変えられない。いま左に切ったばかりの舵を、大慌《おおあわ》てで右へと切り直した。

艀と艀が、わずか二尺（約六十センチ）の隙間《すきま》で行き違った。

半町（約五十メートル）先に、横川と交わる小名木川が見えてきた。川には猿江橋《えばし》が架かっており、小名木川べり左岸には舟会所《ふなかいしょ》もある。

危うく衝突をかわした艀は、しぶとく猪牙舟を追ってきた。堅太郎は全力漕ぎで小名木川を目指した。艀の船足が上がってきた。

小名木川を渡ると見せかけた堅太郎は、交わった川のなかほどで、逆櫓を漕いで舟を右に急回しさせた。

艀にそんな真似はできない。

「ばかやろう、おぼえてやがれ」

櫓から手を放した三人の船頭が、口をそろえて悪態《あくたい》をついた。舟会所の役人が、艀の船頭を睨《にら》みつけた。

「やるもんだなあ、堅太郎」

感心する晋平に笑顔で応える堅太郎のひたいの汗が、朝日を浴びて輝いた。

これからきつい掛け合いが待っている。

艀を負かした縁起のよさが嬉しくて、晋平も目元を崩した顔で船頭とうなずき合った。

三

舟は徳力屋の船着場に着けられた。

船着場から丸太置き場までは、傾斜のついた木の滑り台が拵《こしら》えられている。川に滑り落として、いかだに組むための仕掛けである。

徳力屋が丸太置き場に抱える木は、五千本を下らない。飯能《はんのう》の山元とじかに取引きをする徳力屋は、長さ四間（七メートル強）、差し渡し五寸（約十五センチ）の杉を育てさせている。後追いで丸太の損料屋を始めようとしても、山を押さえている徳力屋にかなう相手はいなかった。

競争相手がほとんどいないだけに、徳力屋の商《あきな》いは強気である。五十本ぐらいまでの数なら、応じられる損料屋は何軒もあった。しかし一束とまとまると、すぐに応じられるのは島忠か徳力屋ぐらいだ。

なかでも徳力屋は抱える丸太の桁《けた》が違った。島忠だと二千本に応ずるのは骨だった。

一月の大火事のあとも、江戸の方々で火事が起きた。春になって火が出るのは次第に収まってはきたが、建て替え普請はこれからが盛りである。足場の丸太入り用には限りがなく、ますます徳力屋は強気になっていた。

晋平は手代を通さず、じかに玄関先に向かった。富壱が言った通り、玄関のわきには黒犬がつながれていた。

近寄る晋平を見て、犬が牙を剝《む》いて吠え始めた。構わず近寄った晋平は、胸を張って犬を睨みつけた。

睨まれても犬は吠えた。

前足を突っ張り、鼻面を低くして晋平を見上げている。つながれた縄がぴんと張った。これ以上寄るなと脅かしているように見えた。

この犬ごときに負けていては、あとの掛け合いが上首尾に運ぶわけがない。晋平は丹田《たんでん》に力を込めて一歩を詰めた。

犬は低く唸《うな》りながらも後ずさりを始めた。吠え声も次第に小さくなっている。

やがて短い尻尾を垂らして黙り、玄関への道を譲った。

「ごめんください」

二度目の呼びかけで女中が出てきた。

玄関先に立っているのに、犬が吠えていないことに不思議そうな目を見せた。

「深川冬木町の伊豆晋と申します」

女中は晋平の名乗りを聞きながらも、目はおとなしくしている犬を見ていた。

「九兵衛さんに取り次いでいただけますか」

「あっ……はい……」

慌《あわ》てて女中が立ち上がった。が、奥に都合をたずねに行く前に、晋平に近寄った。

「どうやって寅《とら》を手なずけたんですか」

「この犬が寅？」

「そうです」

「ひと睨みしただけです」

「それで吠えるのをやめたんですか」

晋平を見る女中の目に、感心した色が浮かんでいる。晋平が微笑《ほほえ》みかけると、女中が一歩近寄ってから声をひそめた。

「吠えてばかりで、ほんとうに可愛げがないんです。寅を黙らせるなんて、すごい」

奥に戻る女中の足取りが軽そうだった。

案内されたのは丸太置き場が見渡せる、二十畳はありそうな座敷だった。部屋は広いが造作は質素である。天井板は節が目立つ杉だし、襖《ふすま》もごくありきたりなものだ。

ただひとつ、九兵衛が背にしている床の間の拵えは見事だった。床柱は楓《かえで》の古木である。粋人が虎目と呼ぶ、楓特有の縞《しま》模様が、朝の明かりのなかに浮かび上がっている。艶々と輝いてはいるが、木の色味が落ち着いているだけに派手さはない。軸は山水画で、手前には焼き物の香炉が置かれている。口細《くちぼそ》の一輪挿《ざ》しには、まだ花が開ききっていない桜の小枝が挿《さ》さっていた。

部屋の質素さと、本寸法の床の間とがちぐはぐだ。晋平はあいさつを終えたあとは、軸に見入っていた。

「用があるなら聞こうか」

九兵衛が口火を切った。その声音には、年若いのに床の間から目を離さない晋平に気を動かされたような感じが含まれていた。

「四間の丸太を六束と六十、今日の昼過ぎまでに尾張町へ運んでいただけませんか」

言われた九兵衛は返事の前に、灰吹きにキセルをぶつけた。煙草盆も奢《おご》っているらしく、灰吹きは柿を使っていた。この木は叩《はた》かれてへこんでも、やがて元に戻る。

「おたくの若いもんがしでかしたことは、知ってのことだろうな」

もう一度灰吹きを叩いた。二重の袖《そで》がめくれて、右の手首が見えた。手首の上部には、黒犬の彫物がなされていた。

「若い者ではありません。あの男はうちの足場差配で、江戸でも指折りの器量です」

富壱を軽く言われて、晋平はきっぱりと正した。九兵衛がキセルを膝元に置いた。

「こちらの犬に詫びをと言われて、うちの差配はそのまま帰ってきたと聞きました」

「その通りだ」

「わたしも詫びは言いません」

「あんたも居直りにきたのか」

「違います。六束と六十すぐに揃えられるのは徳力屋さんしかありませんので、ぜひとも貸していただきたくてお願いに上がりました」

「それにしては、のっけから物言いが剣呑《けんのん》じゃないか」

「富壱は犬にわるさをしたわけではありません。ただ悪たれ口をきいただけです」

「朝から妙な理屈を聞かされるもんだ」

九兵衛があわせの襟元《えりもと》を直した。目は厳しい光を帯びているが、口調はさほど不機嫌そうでもなかった。

「犬は吠えるのが仕事だ。そのために飼っている」

「……………」

「ところがあんたのところの……差配は……犬がまじめに仕事をしているのを咎《とが》めた。ひとに嫌われようとも、見知らぬ者に吠えることで寅はえさをもらっている。その仕事ぶりが気に入らないからといって、鍋にして食うと悪口をいうのは道理に合わないだろう」

九兵衛は、屁理屈でいちゃもんづけを言っているわけではない。晋平は言葉に詰まった。

「うちの新吉がわたしに隠れて取り成しに出向いたらしいが、それも追い返したと聞いた。わたしの指図に背《そむ》いてまで出張《でば》った男を、話も聞かずに追い払うようでは、器量のほどが知れようというものだ」

「分かりました」

晋平が膝を詰めた。

「徳力屋さんの言われたことは肝に銘じます。手代さんを追い返したのは富壱の過《あやま》ちですが、器量云々は言い過ぎです。あの男の値打ちは軽くはありませんから」

詫びながらも、晋平は言われっぱなしにはしなかった。九兵衛は膝元のキセルを手にして、吸い口をいじっていた。晋平に目を合わせたときには、きつい光が消えていた。

「寅を手なずけたあんたの言うことだ、わたしも考えてみよう」

言い終わった九兵衛は晋平の膝元を見た。

「あんたの矢立を見せてくれないか」

「お安いことです」

差し出した矢立は、晋平愛用の銅製《あかがね》の物だ。胴は長さ七寸（約二十一センチ）の細筒で、墨壺には龍が細工されている。根付《ねつけ》は桃色の珊瑚《さんご》玉だ。

「見事な拵えだ。あんたは道具に気があるようだな」

「蔵壊しで、ときおり面白いものが手に入るものですから」

聞いた九兵衛の目が、いままでとは違う光り方をしはじめた。

「受けるについては、ひとつ決めを交わそう。それを呑むなら、丸太六束と六十は間違いなく八ツ（午後二時）までに届ける」

「どんな決めでしょう」

まとめるためには、たいがいのことを呑む気でいる晋平は、気負いもなく問いかけた。

「あたしが持っていない、めずらしい道具をひとつ納めてくれ。それが気に入ったら、丸太の損料は相場の八掛けでいい。もちろん道具代は、あんたの言い値を聞かせてもらう」

掛け合いが、思いも寄らない道を歩き出した。

床の間を見ただけでも、九兵衛が相当の好事家《こうずか》であることが伝わってくる。晋平は手元にある道具を思い返したが、これという物が思い浮かばない。ゆえに返事をしなかった。

「丸太はいつまで入り用かね」

九兵衛に問われて思案を閉じた。

「三月十六日から四十日のうちに壊して欲しいと、尾張町の旦那衆は言っています。あと始末を見越して、四月末日までとさせてください」

「うちから六束と六十運ぶとなると、壊す蔵は幾つあるんだ」

「全部で十七です」

「それを四十日で壊そうというのか」

九兵衛の顔つきが初めて動いた。

「別の組に六蔵を助けてもらいますから、うちは十一蔵です」

「それにしても大した数だ。あんた、目算はあるんだな」

「わたしは伊豆晋の半纏を背負っています。たとえ雨降りが続いても約定《やくじょう》は守ります」

「そうか」

九兵衛が腕組みをして思案をめぐらせ始めた。晋平は相手のさまを見詰めていた。

「四十日で十一蔵を壊そうという、あんたの意気込みが気に入った」

九兵衛はキセルに刻み煙草を詰めると、鷹揚《おうよう》な所作で火をつけた。甘い香りの煙が立ち昇った。

「道具を見つけてくれたら、丸太代を相場の半値にしてもいい」

「見つけられなければどうします」

「そのときは倍だ。どうだ、これで」

煙が晋平のほうに漂ってきた。

九兵衛は、どうだ、できるかと目で問いかけている。

そうだ、一通《いっつう》さんが言い当てた船簞笥がある。あれなら見たことがないだろう……。

晋平は相手の目を受け止めてうなずいた。

「だったらこの場で書付《かきつけ》を交わそう」

九兵衛が手を打った。すぐさま先刻の女中が顔を出した。

「半紙とあれとを持ってきてくれ」

女中には、あれで通じたらしい。すぐさま半紙の束と、四角い小簞笥のようなものを運んできた。

九兵衛は軽々と受け取った。使い込まれて色はあめ色に近いが、九兵衛が手にした感じから、簞笥は桐だと晋平は見当をつけた。

九兵衛は小簞笥を目の前に置き、ふところから取り出した鍵を差し込んだ。ガチャッと音がして簞笥の錠が外れた。

観音開きの扉を開くと、五段の引き出しが見えた。九兵衛は真ん中の引き出しから、鹿革《しかがわ》の袋に納められた印形《いんぎょう》を取り出した。

「あんた、この箪笥を知ってるか」

見たこともなかった晋平は、正直に首を振った。

「北前船の船主《ふなぬし》が、印形や為替《かわせ》手形などを納めたという船箪笥だ」

「えっ……」

おもわず驚きの言葉を漏らした。

一通から顚末《てんまつ》は聞かされていたが、晋平は現物を見たことがなかったのだ。九兵衛は言葉が出ない晋平には構わず、船箪笥の由来を話している。

あてが大きく外れた晋平の耳には、徳力屋の声は聞こえていなかった。

四

六百六十本の丸太が届いて、壊しの現場が勢いづいた。

まだ足場が造られていない蔵が六蔵、丸太が足りなくて仕掛かり途中の蔵がひとつだ。富壱は職人と人夫百四十人を、雑賀屋《さいかや》の空き地に呼び集めた。

「最初に丸太を埋める穴を掘る」

富壱の声はよく通る。てんでに自前の半纏を着た男たちが、ひとことも聞き漏らすまいとして耳をそばだてていた。

「穴の差し渡しは五寸、深さは地べたから一尺だ。分かったら手を上げて返事をしろ」

男たちが一斉に手を上げた。なかの二十人ほどは左利きらしく、となりの男と手がぶつかっていた。

百四十人が七組に分かれた。

ひと組二十人が、ひとつの蔵を受け持つわけだ。墨壺にふたり組が二組、葉《よう》ろう石《せき》で地べたに穴の位置を印《しる》す役もふたり組で二組。残りの十二人が穴掘りである。

蔵の壁から一尺離れた位置に墨壺の針を突き刺し、まっすぐに糸を張って墨を打った。孔明と数弥が呼び集めた職人は、いずれも手練《てだれ》ぞろいだ。墨打ちの糸の張り方にも弾き方にも、腕の立つ職人ならではの無駄のない動きが見られた。

墨が打たれると、消えないように葉ろう石で糸の跡をなぞった。伊豆晋が使う葉ろう石は、備前三石《びぜんみついし》から出る最上品である。

蔵の端から一間おきに×印が打たれた場所へ、別の大きな針を突き刺した。針には二寸半の長さの太いタコ糸が結ばれており、先端には葉ろう石が固く結ばれている。

糸をていねいに回すと、差し渡し五寸のきれいな円が描かれた。蔵の周囲は長辺が六間、短辺が四間の長方形である。足場の支柱となる丸太の穴は、ひとつの蔵で二十四。穴の墨出しを誤ると足場が組めなくなる。

富壱は作業に早さよりも正確さを求めた。二十四の墨出しが終わったときには、始めてから半刻（一時間）が費《つい》やされていた。七蔵すべてを見回った富壱の顔は満足げで、目が職人たちの腕を称《たた》えていた。

日本橋石町《こくちょう》で打つ、七ツ（午後四時）の鐘が流れてきた。日の入りまであと一刻である。

「せっかく丸太が間に合ったんだ。日の暮れまでに、縦地《たてじ》（支柱）は立て終えるぞ」

富壱の指図が七蔵すべてに行き渡った。

縦地の穴掘り道具は、伊豆晋が鍛冶屋《かじや》に別誂《べつあつら》えさせたものである。鉄を鍛錬《たんれん》した匙《さじ》型の鍬《くわ》に似たもので、木柄がつけられている。

墨出しされた五寸の円を、この道具で掘り進めるのだ。他の壊し屋にはない道具で、これを使えば穴掘りも楽だ。

ところが尾張町の地べたは固かった。しかも途中に石が混じっていたりして、うまくはかどらない。

富壱は日暮れまでに穴掘りを済ませるだけではなく、二十四本の縦地も立てるという。尾張町にきてまだ三日目だが、職人たちはひとたび富壱が決めた指図は、かならずやり通すと肌身で分かっていた。

伊豆晋の出づらは、人夫といえども五百文。相場の五割増しの破格な日当である。その上仕事仕舞いのあとは、どんぶりめしにうどん、三日に一度は酒が振舞われるのだ。今日は初の振舞い酒が出される日だった。

しかし日暮れたとしても、縦地がすべて立たない限りは仕事が終わらないのだ。暗がりでの仕事は、昼間の倍もくたびれる。

職人も人夫も、目の色を変えて働いた。

「すごいじゃない、竹どん」

朝には丸太一本立っていなかった小野田屋の蔵を、二十四本の四間丸太が取り囲んでいる。金太郎から驚かれて、竹吉が自分でやったかのように胸を張った。

暮れ六ツ（午後六時）の鐘の鳴り終わりで、百六十八本目の縦地が立てられた。

尾張町に男たちの歓声が沸きあがった。

「いやあ、大したもんだ。さすがは丹後屋さんが推《お》しただけのことはある」

伊豆晋に壊しを頼みに行った尾張町五人組のひとり、熱田屋善兵衛《あつたやぜんべえ》が心底から感心した。熱田屋の蔵も丸太の支柱で囲まれていた。

仕事を終えたあとの振舞い酒には、雑賀屋の空き地を使った。尾張町の角地でもあり、敷地の広さもたっぷりあったからだ。

煮炊《にた》きには、伊豆晋が持ち込んだ大鍋を用いた。仕事柄、伊豆晋の職人や差配たちは、壊しの現場に寝泊りすることが多い。また昼飯は、毎日現場でとることになる。その賄《まかな》い用に、晋平は持ち運びできるへっついや大鍋を備えさせていた。

酒は向島《むこうじま》の造り酒屋から、こもかぶりが運び込まれている。四斗樽《だる》が三つ、都合百二十升である。二百人を超す男たちがいるが、ならしても、ひとり五合は呑める勘定だ。

これだけの大仕事をこなすには、現場に職人たちの寝泊り小屋を設けるのが普通である。しかし今回は降って湧いたような話だったし、壊しに使えるのはわずか四十日だ。ゆえに毎日深川から尾張町まで通いである。

雑賀屋の敷地周囲には、高い所に荒縄が張り巡らされており、ぶら提灯《ぢょうちん》が下《さ》げられている。飯の仕舞いは五ツ（午後八時）というのが、尾張町との約定だった。

十六日、十七日の二日間は、酒が出なかったので、晩飯を食う連中もさほどには騒がなかった。飯が終わるとさっさと深川に引き揚げてしまい、五ツにはだれも残っていなかった。

今夜は振舞い酒があった。

上等な酒ではないが、呑みたいだけ呑める段取りがされている。しかも日暮れ前には、富壱の指図でとことん作業を追い込んだ。だれもが酒を欲しがっていたし、喉《のど》の渇きも加わって一気に酒が進んだ。

「なんでえ、このやろう」

「やるてえのかよう」

酒が回るにつれて、方々で怒鳴り声が飛び交いだした。尾張町肝煎《きもいり》の指図で、賄いの手伝いに出ていた商家の女中たちが、大鍋のそばで怯《おび》えた目をして固まっている。

数弥、孔明、嘉市に富壱の四人が、そっと立ち上がった。富壱をのぞく三人は道具置き場に向かっており、富壱は肩を寄せ合っている女中に近づいた。

「こわがることはねえ」

足場差配とも思えないような、やさしい声音で話しかけた。

「連中にきつく灸《きゅう》をすえるからよ。ちょいと物音が立つが、勘弁してくんねえ」

大鍋のそばを離れた富壱は、焼け跡に転がっている土器《かわらけ》や焼き物の破片を集めて小山を築いた。山がふたつできたころに、孔明たちが戻ってきた。

孔明が手にしているのは、樫《かし》で作られた大槌《おおづち》の掛矢《かけや》である。嘉市は長柄の鳶口《とびぐち》を持っており、数弥は鉄製の大鎚、向《むこ》う鎚を片手でさげていた。

「もう勘弁できねえ、おもてに出ろい」

座のなかほどで一段と大きな怒鳴り声があがった。何人かが縁台から立ち上がっている。

すかさず富壱が数弥に目配せした。

数弥は破片の山に、向う鎚を振り下ろした。

ガシャンッ。

最初のひと振りで、職人たちの半分がなにごとが起きたのかと、音の立った方に振り向いた。

ガシャン、ガシャン。

二度目の音は、孔明が振り下ろした掛矢である。これで雑賀屋の敷地が静まり返った。通りの向かいから、小野田屋の竹吉が飛び出してきたほどの音だった。

「てめえら、たいがいにしろい」

孔明が運んできた脚立に乗った富壱が、腹の底から声を出した。奥の職人にまで、声は充分に届いていた。

「ここは飲み屋じゃねえ、でえじな仕事場だ。つまらねえ喧嘩でここを汚《けが》すやつは、たったいまから放り出す。文句があるてえなら、おれが相手だ」

富壱が乗った脚立の両脇を、道具を手にした数弥たち三人が固めた。

「せっかくの酒だ、黙って呑めとは言わねえが、職人のわきまえを忘れるんじゃねえ」

満月に近い月が、富壱の前方で輝いていた。

五

足場組みの作業は、天気に恵まれたこともあって順調に進んだ。

地べたから四尺（百二十センチ）の高さに布地《ぬのじ》（横棒）を渡し、それを縦地に荒縄で縛りつける。縄の長さは二尋《ふたひろ》（約三メートル）が決まりである。足場組みの職人たちは、二尋に切った縄をぐるぐる巻きにしてぶらさげていた。

「左が下がってる。気持ち上に持ち上げろ」

富壱から名指しを受けた職人が、それぞれの蔵で丸太の傾きを正していた。

二段の布地を縛りつけるのに、およそ四半刻（三十分）かかる。四尺幅で結《ゆ》えつけるので、布地は壁一面あたり五本、蔵ひとつで二十本が必要だ。

手のあいている職人が総がかりで取り組んだことで、七蔵の足場が一日で仕上がった。

三月二十日から、伊豆晋組の壊しが始まった。初小川組は丸太に不足がなかったことで、十九日からすでに壊しに取りかかっていた。

壊しは屋根瓦《がわら》の引き剝《は》がしが最初である。尾張町の商家は、どの蔵も上質な三河の三州《さんしゅう》瓦を用いている。ここの瓦は粘土の質がよく、しかも焼きがしっかりしているので火事にも強かった。

「でえじな瓦だ、落っことすんじゃねえぜ」

剝した瓦は吟味《ぎんみ》した上で、傷《いた》みの軽いものは次の普請に使うのだ。剝した瓦は、手渡しでおろした。

最初の蔵を壊し終えたのは、三月二十一日の初小川組だった。

尾張町四丁目の薬種問屋の頑丈な蔵だったが、初小川が取りかかる前に、すでに町内鳶が壊しかけていた蔵である。

請け負《お》った鳶たちは、段取りも考えず、しかも道具も揃えずに人手だけでやろうとした。壁を二十人がかりで叩いていたとき、屋根の瓦がいきなり滑り落ちてきた。

鳶たちは逃げるに逃げられず、瓦の下敷きになったり、あたまの急所に瓦がぶつかったりで、十五人が亡くなった。

そんないわくつきの蔵であっただけに、壊しはことのほか念入りに進めた。

三月二十一日の昼前に、最後の壁が倒されてきれいに片づいた。

昼飯の場で、伊豆晋組の職人や人夫全員にも、小粒銀一匁《もんめ》が祝儀に配られた。

銀一匁はおよそ八十三文で、小粒ひとつで安酒なら五合は呑める。

この祝儀だけでざっと五両だが、カネは尾張町の肝煎が出した。災難を呼んだ蔵をきれいに片づけられたことが、それほどに嬉しかったということだ。

蔵の初壊しから一夜明けた、二十二日の朝五ツ。仕事始まりの触れを終えたばかりの富壱のもとに、初小川組足場差配の徹蔵《てつぞう》がたずねてきた。

富壱と徹蔵は、ともに三十三歳。背丈も目方もほとんど同じである。仕《つか》える親方は違っていても、ふたりは互いを信頼しあっている。

富壱は雑賀屋の賄《まかな》い場に徹蔵を連れて入った。頼みもしないのに女中が茶を運んできた。先夜の騒動を鎮めて以来、富壱は賄いの女中たちに人気があった。

「ちょいとうちの蔵を見てくんねえか」

出された茶に口もつけず、徹蔵が用向きを切り出した。

「ことによると、蔵の傷み方が店によって違うてえことじゃねえか」

富壱が先取りして答えを口にした。

図星だったらしく、徹蔵が空き樽に座りなおした。

「兄弟の蔵もそうかい？」

「うちの数弥がそう言ってる。おれも確かめたが、蔵によって傷み具合が違うぜ」

ふたりが顔を見合わせた。

徹蔵が見て欲しいと言った蔵は、二丁目の老舗《しにせ》呉服屋、藤屋《ふじや》の蔵である。

藤屋は寛永《かんえい》元（一六二四）年創業で、百周年を七年先に控えた老舗である。尾張町の商家は二代、三代と続いている店が多いが、百年目前の店はさほどに多くはなかった。

そのわけは明暦《めいれき》の大火である。

明暦三（一六五七）年一月十八日八ツ（午後二時）ごろに、本郷丸山本妙寺から出火した。江戸は前年十一月から三カ月近くも雨が降っておらず、カラカラに町が乾いていた。それに加えて、強い北風が火勢を強めた。

火事は翌十九日の早朝にやっと鎮火した。ところが四ツ（午前十時）ごろ、今度は小石川新鷹匠町《しんたかじょう》から火の手が上がった。この火が鎮まったのは翌二十日の朝である。

二昼夜にわたる大火で、江戸市中の大半と江戸城の天守閣・本丸・二の丸・三の丸までも焼失した。尾張町も丸焼けになった。

城まで焼け落ちて火事にこりごりした公儀は、江戸の本格的な町造りに着手した。火消しがしやすいように町の大路を広げ、随所に火除《ひよ》け地も設けた。

大火まで尾張町で商いをしていた商家の多くは、道幅を広げることで立ち退《の》きを迫られた。大店は空き地を購入して店を残したが、小商人《こあきんど》の多くは尾張町を去った。

いまの尾張町大通りの商家は、その大部分が大火のあとに移ってきたものだ。そして元禄年間にはどの店も商いを大きく伸ばしたことで、いまでは尾張町の老舗で通っている。が、せいぜいが創業五、六十年だ。

藤屋のように大火の前から尾張町で商いを続けている店は、雑賀屋、熱田屋、菊水屋、小野田屋ぐらいのものだった。

「藤屋の蔵は、ほとんど傷んじゃいねえんだ。瓦にしても、塗ってある上薬《うわぐすり》のできが違う。あれを壊すのはもったいねえぜ」

足場差配は、富壱も徹蔵も、指図する以外はまことに物静かな話し方をする。

富壱にも思うところがあるらしく、徹蔵の見立てに大きくうなずいた。

「壊す壊さねえの決めは、おれたちじゃあできねえ。兄弟の受け持ちの藤屋と、うちの掛《かかり》の熱田屋と小野田屋は、とりあえず今日はやめにしとこう」

「それでどうするよ」

「うちのかしらと、ここの肝煎衆とで、明日にでも寄り合ってもらおうじゃねえか」

「分かった、兄弟に任せたぜ」

富壱と話し合ったことですっきりしたらしく、徹蔵は急ぎ足で駆け戻った。

作業初日の十六日から続いていた晴れが、今朝は崩れそうになっている。

雨が来る前に目処《めど》をつけようと考えた富壱は、茶を飲み干してから腰をあげた。

六

寄合の三月二十三日は雨だった。

話をするにも、尾張町は焼け野原でまともな家屋はひとつもない。肝煎衆が定めた場所は、ほとんど無傷で残っている雑賀屋の蔵だった。

前日までの上天気続きで、ひとの身体はすっかりあたたかさに馴れていた。

そこに雨である。

花冷えというには、肝煎の面々には寒すぎた。蔵には熾火《おきび》の埋まった火鉢まで持ち込まれたが、熱田屋と菊水屋はあわせの胸元を閉じていた。

肝煎五人と晋平とで、この先の段取りを話し合う手はずだったが、雑賀屋は当主ではなく頭取番頭の徳助が名代である。

「庄右衛門《しょうえもん》さんはどうしたんだ」

あるじ不参を聞かされていなかった熱田屋が、詰問口調で徳助に質《ただ》した。

「わきに、よんどころない掛け合いを抱えておりまして……」

「なにが、よんどころないだ。ゆうべから、相川町に居ついているんだろう」

五人組組頭《くみがしら》の美濃屋が極《き》めつけた。

徳助があるじに隠れて、船簞笥を持ち込んだ先が相川町のおこなの宿である。墓地でおこなと出会った庄右衛門は、以来、足繁《あししげ》く大川端に通っている。番頭が戻ってきた安心感があるのと、店の蔵にはほとんど傷みがなかったからである。

尾張町の蔵壊しが片づくまでは、雑賀屋は店の地所を道具置き場や賄い所として使わせている。その負い目があるだけに、肝煎衆も正面切っては雑賀屋を諫《いさ》められないでいた。

しかしこの朝の寄合は、傷みの浅い蔵を壊すかどうするかという、大事を決める場である。あるじ不在を咎《とが》められた徳助は、顔を伏せて肩をすぼめた。

「文句を言ってもしょうがない。庄右衛門はひとり者だ、これで身を固めてくれたら町会にもわるい話じゃないだろう」

取り成しを言う菊水屋は、前歯が抜けていて話しにくそうだ。が、最年長者の言ったことで場がなんとか治まった。

「昨日の夕方、伊豆晋さんの差配から、藤屋さん、熱田屋さん、小野田屋さんの三蔵も、少し手を入れれば壊さなくても使えそうだとの申し出があった」

事前に議題を聞かされていたらしく、肝煎衆は美濃屋の話にうなずいた。

「どうだろうね、熱田屋さん……おたくの蔵は持ちそうかね」

「壊さなくてすむなら、余計な費《つい》えがかからなくてなによりだが」

熱田屋は晋平を見ながら問いを続けた。

「なぜ三蔵だけが傷みが少ないのか、伊豆晋さんから得心のゆく答えを聞きたい」

「ごもっともです」

あとの話を晋平が引き取った。

「三蔵ではありません。雑賀屋さんを含めて四蔵です」

「そうだった。ここの蔵をすっかり忘れていたよ」

熱田屋が素直に誤りを認めた。

「傷み具合がほかの蔵と違うのは、この四蔵が明暦の大火事のすぐあとに造られたものだからです」

晋平は二枚の瓦を肝煎衆の前に置いた。いずれも壊しの現場から持ち込んだものである。外の光が届かない蔵のなかは、雑賀屋が用意した百目《ひゃくめ》蠟燭《ろうそく》四本の明かりだけだ。そんななかでも、瓦のできの違いははっきりと見てとれた。

「右のは藤屋さんの蔵から剝《は》がしたもので、左はすでに壊した薬研堂《やげんどう》さんの瓦です。厚みも瓦を焼いた土も、塗られている上薬もまるで違います」


藤屋の蔵は大火の二年後、万治《まんじ》二（一六五九）年に造られたものである。

すでに壊された薬研堂のは、元禄二（一六八九）年に普請された蔵だった。このたび壊さなければならない他の蔵も、すべてが元禄に入ってから造られたものである。


元禄と改元されてから、江戸の町は大きく膨らんだ。方々の商家から蔵普請の注文が押し寄せたが、職人の数には限りがある。しかも蔵は、塗り重ねる壁土をしっかり乾かさなければならず、きちんと造り上げるには二年はかかる。

施主《せしゅ》は早くしろとせっついた。江戸にひとが増えたことで火事が多くなったし、盗人《ぬすっと》も増えたからだ。職人が手抜きをしたわけではないが、蔵の造りは甘くなった。

明暦大火の直後に造られた蔵は、どれもがしっかりと造られていた。大火事に懲《こ》りた商家は屋根瓦ひとつもおろそかにはせず、火事に強いと評判の三河三州瓦を用いた。

傷みの少ない四蔵は、元禄に造られた蔵より三十年も古い。しかし造りの違いが、大火事に遭ってはっきりとあらわれた。

「まことに分かりやすい話を聞かせてもらった。伊豆晋さんの見立てに従おう」

熱田屋は心底から得心したようだった。

町を焼き尽くした火にあぶられても、焦《こ》げ痕《あと》もない瓦を見た肝煎衆も、充分に納得できたようだった。

「今日から手の空いた職人をほかの蔵に回します。熱田屋さんの蔵には、明日から修繕の左官を手配りさせていただきます」

「よろしく願います」

熱田屋の返事は明るかった。

寄合が終わってみなが蔵を出ようとしたとき、晋平は菊水屋を引き止めた。

「このあとご用はおありですか」

「いや、ひまだ」

「いささか、相談にのっていただきたいことがあるのですが」

「いいとも。焼け跡でお構いはできないが、うちに来なさい」

外の雨はまだ冷たい。菊水屋が身体をぶるぶるっと震わせた。

七

「あてにしてもらったのに、役に立てなくてすまないね」

菊水屋が灰吹きでキセルを叩《はた》くさまに力はなかった。

晋平が持ちかけたのは、徳力屋への道具をなににするかの相談だった。初対面の日、菊水屋が道具に凝《こ》っていると聞かされてのことである。

菊水屋の商いは煙草とキセル、それに印籠《いんろう》の根付《ねつけ》である。いずれもが小物であることから菊水屋は蔵を構えることはせず、地べたに穴を掘って蔵がわりに使っていた。

このたびの火事では、火は穴蔵にも回ってしまい、菊水屋は身代のほとんどを失った。店を興し直すカネは、日本橋の本両替にあずけてある。しかし自慢の道具のほとんどを失くした菊水屋は、元気がなかった。

「キセルなら何本か逸品も残っているが、新しいものばかりだから道具とはいえない」

「そうですね」

晋平の答え方にも勢いがなかった。

「うちに焼け残っているものといえば、先代が房州の百姓家で見つけてきた、壺と茶碗ぐらいだ」

「壺と茶碗ですか」

晋平が身を乗り出した。

菊水屋は手で相手を抑えた。

「あんたが身を乗り出すようなものじゃない。農家の土間に転がっていた壺で、野菜のタネ容《い》れに使っていたような安物の素焼きだ」

「そうですか……」

晋平の両肩が落ちた。

「どうだい、見てみるかね」

菊水屋から面白い話が聞けるかも知れないと意気込んでいた晋平である。いまさら素焼きの壺などを見せられても仕方がなかったが、断わっては角が立つ。

「ええ……まあ、よろしければ……」

晋平は気乗りのしない返事をした。

菊水屋も、相手が気落ちしているのは承知のようである。が、なにも見せないよりはという感じで、雨漏りのする番小屋の隅から壺を持ってきた。

菊水屋の言った通り、見栄えのしない素焼きの壺である。高さは四寸（約十二センチ）ほどで、ベタ底が大きい。見た目にも古さは感じられるが、農家のタネ容れに使っていたという通り、ほこりまみれだ。手にとって壺のなかをのぞいたら、タネが残っていた。

晋平は落胆を隠さなかった。

道具が見つからなければ、丸太の賃料が倍になる。それを聞かされた菊水屋は、気の毒そうな顔で晋平を見た。

「あんた、道具の師匠はいないのか」

問われた晋平が、はっと気づいた。

菊水屋さんばかりをあてにして、師匠に相談するのを忘れていた……。

にわかに顔色が明るくなった。

「言われるまで忘れていました」

「やはりいたか」

「神田和泉町《いずみちょう》の一星堂《いっせいどう》です」

「一星堂だったら国茂《くにしげ》さんだろう」

「菊水屋さんも国茂さんをご存知ですか」

思いがけない相手から師匠の名を聞かされて、壺を手にしたまま晋平が膝を寄せた。

「軸を何幅《なんぷく》か見せてもらったことがある。あのひとの目利きなら、おもしろい出物《でもの》があるかも知れないだろう」

「いまから顔を出してみます」

元気の戻った晋平は、壺を小屋の茣蓙《ござ》の上に戻して立ち上がった。菊水屋も立った。

「こんな雨漏りのする小屋にいては、気がふさぐだけだ。あたしも行くから、支度《したく》をする間待っててくれ」

菊水屋が顔色を明るくして着替えを始めた。

雨は本降りである。

今朝の話し合いがつく前なら、晋平は壊しに遅れが出ることを思って、雨を恨んだだろう。しかしいまは、合わせて三蔵が手をつけずにすむことになっていた。ざっと六十人の手にゆとりができた勘定である。

道具が見つからなかったとしても、徳力屋には倍の賃料を払えば負い目なしで片づく。しかし請け負った納期に遅れたりすれば、伊豆晋の半纏にかかわる。

道具をどうしようかと案じていたが、それとは比べ物にならない納期という心配ごとが軽くなったのだ。そう思い至ると、降る雨も苦ではなかった。

支度を終えた菊水屋は、袖なしのとんび合羽を着ていた。雨に濡らしても平気な顔で着ているが、鹿革をなめした上物である。蛇《じゃ》の目も柄に音羽屋《おとわや》の銘が焼かれた誂《あつら》えものだし、足駄も桐である。

焼け出されたとはいっても、さすがは尾張町の老舗だと、菊水屋の拵《こしら》えを見て晋平は深く感心した。

雨で道が滑り気味だったことと、年寄が一緒であることを考えて、晋平はことのほかゆっくり歩いた。それでも一星堂には半刻ほどで着いた。

「これはまた、思いも寄らない顔の取り合わせです」

国茂には、なぜふたりが一緒なのかが分からない。縁《えにし》の不思議さにひとしきり話が盛り上がったあと、晋平が用向きを切り出した。

「徳力屋さんは、われわれの仲間内でも好事家《こうずか》で通ったひとだ。生半可《なまはんか》な道具を持って行っては、鼻であしらわれるだけだ」

見立ては厳しかった。

幾つか面白そうな道具を出しながら、国茂は話の途中でみずから品を引っ込めた。

内儀が何度も煎茶をいれかえに顔を出したが、妙案が浮かばない国茂は、湯呑みにも口をつけずにいた。

「古い窯《かま》で焼かれた、備前、信楽《しがらき》、伊賀あたりの焼き物には、おもしろい物があったりもするが、あいにく手元にはひとつもない」

思案に詰まった国茂が、ぼそぼそと口のなかでつぶやいた。

菊水屋と晋平が目を見交わした。

「焼き物はおもしろいんですか」

問いかける晋平の声に張りがあった。

「物にもよるが、素焼きの壺や皿には、とんでもない品が隠れていたりすることがある」

「壺、ですね」

「どうしたというんだ、晋平。なにか思い当たることでもあるのか」

身を乗り出した晋平を見て、国茂がいぶかしげに問いかけた。

「ベタ底の壺で、見た目は備前か信楽だと思いますが、ひとつあります」

「備前と信楽とでは、焼きも土もまるで違うものだぞ」

晋平の雑な見立てを国茂がたしなめた。

が、壺のありさまを聞くうちに、国茂の目の色が変わってきた。

「雨のなかを行き来させるのは気の毒だが、ぜひ見てみたい。わたしが尾張町に出向いてもいいのだが……」

「結構です。わたしがひとっ走りします。すみませんが、蓑笠《みのかさ》を貸してもらえますか」

勢い立った晋平は、蓑を着る間も惜しむようにして雨のなかに飛び出した。

尾張町に駆け戻ると、壺は菊水屋が言った通りの場所で、雨漏りの雨粒受けに使われていた。

手拭《てぬぐ》いできれいに雨水を拭《ふ》き取ってから、風呂敷に包んで首から下げた。その上に蓑を着たので、背中がぷくりと膨らんでいた。

尾張町までは思いっきり駆けたが、いまは壺を背負っている。ことによると逸品かも知れない壺を、うっかり転んで傷めたら大事《おおごと》だ。

はやる気をなんとか抑えつつも、それでも早足で和泉町に戻った。

壺を手にしても、国茂はすぐには見立てを口にしなかった。

手ざわりを確かめたり、壺の底を天眼鏡《てんがんきょう》で細かに見たり、さらには壺のふちをなめたりしたあと、奥の間に引っ込んだ。

晋平も菊水屋も口を閉じ、息を詰めて成り行きを見守っていた。

四半刻ほど過ぎたところで、むずかしい顔をした国茂が戻ってきた。

「まぎれもなく、備前焼のうずくまるです。あたしも書物では読んだことはあったが、手にしたのは初めてです。目利きに手間がかかり、失礼いたしました」

「なんですか先生、うずくまるというのは」

口を開いたのは菊水屋だった。

「壺の形に由来した名前です。こうして横から見ると、ひとがうずくまっているように見えるでしょう」

国茂が両手に載せてふたりに見せた。

「ほんとうだ……」

晋平の声がうわずっていた。

「好事家には垂涎《すいぜん》の焼き物です。これなら徳力屋さんでも、ぐうの音《ね》もでないでしょう」

国茂は壺を膝元に戻すと、しっかりと菊水屋と目を合わせた。

「あたしが箱書きをさせていただきましょう。桐の箱に納めれば、三百両の値がつくことを請け合います」

「そうですか」

ため息まじりの声で答えてから、菊水屋は晋平を見た。

「うまく徳力屋と掛け合ってきなさい」

言ってから、菊水屋がにやりとした。

「幾らの値がついたとしても、実入りはこの三人で山分けしようじゃないか」

笑いかける菊水屋の前歯二本が抜けていた。

すんころく

一

享保《きょうほう》二（一七一七）年一月に、尾張町と小石川馬場とで、立て続けに大火が起きた。火事の頻発を憂慮した公儀は、小石川大火から十日後の二月三日に、大岡越前守忠相《ただすけ》を南町奉行に就《つ》けた。

忠相を能吏《のうり》と認めての抜擢《ばってき》である。

就任した二月は南町奉行所が月番だった。

忠相は奉行に就くなり町年寄を督励《とくれい》し、町ぐるみ焼け落ちた尾張町の建て直しを急がせた。江戸城に近い町並みを、一日でも早く復興させんがための措置である。

大火で傷《いた》んだ蔵の取り壊しを晋平が急《せ》かされたのも、その元をたどれば南町奉行の強い指図に行き着いた。

蔵の壊しは三月中旬から始まった。

尾張町一丁目の表通りに店を構えていたのは、通りの両側で十六軒。二丁目は両側合わせて十軒で、大火の前には一丁目、二丁目で都合二十六軒の商家が建ち並んでいた。

蔵のなかった店が八軒。

大火に遭いながらも、蔵が手直しだけで使えると判じられたものが四蔵。

残る十四蔵を伊豆晋組《いずしんぐみ》と初小川組《はつおがわぐみ》が取り壊しにかかった。伊豆晋が九蔵、初小川が五蔵である。

壊しの段取りは、尾張町五人組と、伊豆晋の棟梁晋平《とうりょうしんぺい》とで煮詰めた。

五人組組頭《くみがしら》は、一丁目の紙問屋美濃屋吉左衛門《きちざえもん》である。しかし実質的な首領格の焼き物問屋老舗《しにせ》、熱田屋善兵衛《あつたやぜんべえ》が取り仕切った。

残りの肝煎衆《きもいり》は、小間物問屋雑賀屋庄右衛門《さいかやしょうえもん》、版画の版元嶋屋三右衛門《しまやさんうえもん》、それに煙草とキセル、根付を扱う菊水屋茂兵衛《きくすいやもへえ》の三人だ。

肝煎五人のうち、雑賀屋と熱田屋は蔵が手直しですみ、菊水屋は蔵なしである。

一丁目の蔵壊しは、雑賀屋向かいの嶋屋から始まった。

享保二年の三月下旬から四月にかけては、さいわいにも天気に恵まれた。

伊豆晋組の差配連中は、見事な手配りで壊しを進めた。手元に使う人夫も、手練《てだれ》を選りすぐって投入した。五蔵を請け負った初小川組も、足並みを揃えてがんばった。

四月も晦日《みそか》が近くなったとき、晋平が仕立てた猪牙舟《ちょきぶね》が三原橋《みはらばし》のたもとに着けられた。

前触れなしに晋平があらわれたことを聞かされて、差配の嘉市《かいち》が船着場に駆けつけた。

「どうされやしたんで」

「縁起ものを持ってきた」

晋平が尾張町に持ち込んだのは、緋鯉《ひごい》、真鯉《まごい》の鯉のぼりだった。

「壊しの行方もあらかた見えてきた。これを流して、景気をつけろ」

「がってんで」

嘉市は熱田屋にわけを話した。

「それはなによりの趣向だ。焼け跡に鯉のぼりが泳いでくれれば、みんなの気も大きくはずんでくれる」

熱田屋はすぐさま残りの肝煎に話を通した。

「どこからでも見えるように、二丁目との境の、近江家《おうみや》さんのところに立てましょう」

いつもはなにかと異を唱える雑賀屋庄右衛門が、先に立って動いた。

五月を目の前にした空は、真っ青に晴れ渡っている。

嘉市は手すきの職人と人夫を集めて、近江家傳六《でんろく》の敷地に足場で使う丸太を立てた。鯉のぼりが泳ぐと聞きつけた一丁目の牡丹堂《ぼたんどう》が、数種の紐《ひも》と綱とを手にして寄ってきた。

「うちの紐は雨風にも強い。いるだけうちのものを使ってもらおう」

牡丹堂が自慢するだけあって、紐も綱もしっかりと編まれている。晋平が深川から持ち込んだ綱をわきにおき、嘉市は牡丹堂の品を使った。

鯉のぼりは、赤の色使いが鮮やかな緋鯉と、墨一色で描かれた真鯉である。丸太の上部まで巻き上げられると、風を呑んだ鯉が青空に泳ぎ始めた。

二

永代橋を西に渡り、霊巌島《れいがんじま》を通り抜けると八丁堀である。

深川から尾張町の普請場《ふしんば》に出向く伊豆晋組の面々は、毎日八丁堀伝いに京橋に出るのが通り道だ。

が、通って楽しい道ではない。

堀の内側には、南北両町奉行所に勤める与力と同心の組屋敷が並ぶだけだ。商家も呑み屋もない。

町と呼ぶにはいろどりが乏しかった。

堀沿いの各所には、いかめしい顔をこしらえた門番が立っている。木遣《きや》りを歌いながら通う職人たちも、八丁堀の道筋だけは歌をやめて通り過ぎた。

京橋方向に向かって、左側には南町奉行所組屋敷が、右側には北町奉行所組屋敷が建ち並んでいる。

二月に就任した南町奉行は、江戸町民の間ですこぶる評判がいい。それを受けてのことなのか、堀の左側の組屋敷に立つ門番は、むずかしい顔の中にもはずんだ色がうかがえた。

北町奉行は、正徳《しょうとく》四年に就任した中山出雲守時春《ときはる》のままである。

大岡越前人気の高さは、時春にも聞こえていた。奉行が人気を競っても仕方がないとはいいつつも、時春は世評を気にした。

五月は北町奉行所が当番である。

南町奉行所なにするものぞ。

口には出さぬ奉行の意を体した筆頭与力は、部下の与力を集めて毎朝訓令した。

「抜かりなく市中を見張り、盗賊どもに商家や町民が難儀をかけられることを防げ」

与力は配下の同心を召集し、筆頭与力の訓示を伝えた。与力は奉行所内勤が基本であり、市中に出張《でば》るのは同心と、同心が抱える目明し連中である。

「この月番のうちに、かならず手柄のもとを探し出してこい。それができなければ、十手を取り上げるぞ」

毎朝のように上司からきつい訓示を垂れられた北町奉行所同心たちは、各々が抱える目明しの尻を叩いた。

これが毎日繰り返された。

目明し連中は、同心の思惑ひとつで、いつでも十手を取り上げられてしまう。

町場で威張っていられるのも、十手があればこそ……。

だれよりもそれが分かっている目明したちは、同心の覚えをめでたくするために汗を流した。

北町奉行所が月番の享保二年五月は、江戸のあちこちが、ぴりぴりと張り詰めていた。目明しも同心も、目元をゆるめることがなかった。

が、定町廻《じょうまちまわり》同心は違った。

この役目の同心は、南北いずれの奉行所にも六名しかいない。そして上司である与力を持たず、筆頭与力直属である。

西川信吾《しんご》、大田丈助《じょうすけ》、藤沢四郎《しろう》の三人は、北町奉行所の定町廻同心である。

五月十七日の夜、西川の組屋敷に大田、藤沢が呼ばれていた。

役目柄、三人の身分は同格である。

俸給も変わらない。

が、西川は四十七歳、大田と藤沢は同い年の三十六歳である。集まるのは、いつも年長者の西川宅だった。

庭に面した十二畳の客間中央で、三人が声をひそめて語らい合っている。話を盗み聞きする者がひそめぬように、部屋の障子戸はすべて開け放たれていた。

ここ数日の晴天続きで、大川の水も大きくぬるんでいる。五ツ（午後八時）を過ぎても、夜風には昼間のぬくもりが残っていた。

「蔵の片づけは、ここ両日で終わるものと思われます」

西川に話す大田の口調は、あたかも与力に対するかのようにていねいだった。

鷹揚《おうよう》にうなずく西川のしぐさもまた、上司のごとくに見えた。

「おまえの見立て通りに運ぶとすれば、掘り返しの手配りは五月二十日でいいな」

「よろしいかと存じます。どうだ、藤沢は？」

「おれのほうは明日からでも行ける」

五尺七寸（百七十三センチ）の上背がある藤沢は、声も野太い。物言いも、大田よりはぞんざいだった。

「ならば二十日だ」

大田、藤沢を等分に見たあと、西川が断を下した。

「前日までに雨が降ったら、その折りにもう一度思案をする。その旨《むね》をあの男に伝えて段取りをさせろ」

「分かりました」

ふたりの返事がそろったのを耳にして、西川が手を打った。すかさずふすまが開かれた。

「ご酒《しゅ》でございましょうか」

五月の夜に黒羽二重《くろはぶたえ》の紋なしを着たおんなが、崩した調子で問いかけた。奉行所同心の組屋敷には似つかわしくない、粋筋《いきすじ》を思わせるおんなである。

西川は返事のかわりに小さくうなずいた。

さほど間をおかず、下女が膳を運んできた。三人に出し終わったころを見計らい、先刻のおんなが盆に載せた徳利《とっくり》を持って戻ってきた。

「おひとつどうぞ」

「いつもながらご内儀じきじきの酌、おそれいります」

先に酌をされた大田が、かしこまった礼を口にした。

「藤沢さまは？」

「おれはやりませんから」

「ほんとうに下戸《げこ》なんですか？」

問いかけたおんなの口調にも、藤沢を見る目つきにも、艶《つや》がある。

藤沢が大きな背を丸めた。

「あとは大田も手酌でやる」

西川の目配せを受けて、おんなが立ち上がった。座敷を出るまえに、大田と藤沢に見せつけるかのように、わざと尻を振って歩いた。

大田は目を伏せたが、藤沢は尻の丸みがくっきりと出ている黒羽二重を目で追った。

西川は年下のふたりを見つつ、口元をゆるめた。おのれの内儀を、よだれを垂らしそうな目で追う藤沢を目にしてのことである。

西川の内儀の名は権助《ごんすけ》。

深川芸者だったころの源氏名である。

西川、大田、藤沢は、三人とも同じ貸元《かしもと》（賭場の親分）に、巨額の借金を背負った仲間だ。西川が権助と出会ったのも同じ貸元の賭場だった。


同心の俸給は三十俵二人扶持《ぶち》である。

おのれたちが食べる米を取りおき、残り三分の二を一石一両で売りさばいても、実入りは八両どまりだ。

このカネで、奉公人の給金と暮らしの費《つい》えすべてを賄《まかな》うのは至難のことだ。組屋敷に暮らす同心は、その体面を保つためにも、定まった数の奉公人を雇わなければならなかった。

奉行所出仕の折りには、御用箱を背負う下男をひとり供につける。ほかにも、組屋敷の雑用をこなす下男ひとりに、賄いや掃除を受け持つ下女ふたりを雇うのが定めだ。

この給金だけで八両である。

実入りと出銭《でせん》とは、まるで釣り合っていなかった。しかも同心が抱える目明しへの心づけも、すべて自腹である。

勘定は初めから吐き出しだが、同心の暮らしぶりはわるくなかった。多方面からもたらされる余禄が、俸給の数倍もあったからだ。

もっとも多いのが、旗本や御家人からの扶持方（謝金）である。

直参《じきさん》諸家は、家督相続にかかわる揉《も》めごとや、次男、三男の不行跡《ふぎょうせき》の後始末、あるいは金貸しとのごたごたなど、表沙汰にはできない厄介《やっかい》ごとを抱えていた。

それを同心たちは内密に片づけた。

謝金は少なくても一件二両である。この実入りが、年に二十両は下らなかった。

なかでも、定町廻同心の実入りのよさは仲間内でも図抜けていた。

江戸市中であれば、定町廻は好き勝手に動くことができた。しかも指図を受ける与力はおらず、筆頭与力に日誌を提出するだけである。

よほどに大きな事件が起きぬ限り、日誌には当り障りのないことを記し、実際には金儲けの種探しに精を出した。

実入りがよいだけに、遊びに遣《つか》うカネも同心のなかでは桁《けた》違いだ。とりわけ博打《ばくち》のカネは派手に遣った。

負けると貸元はふたつ返事で五両、十両のカネを回した。それも他の客とは比べものにならない安い利息で、である。

西川は九十七両。

大田が三十九両。

藤沢は五十二両。

年に八両の俸給からは、考えられない額の借金だ。これだけの額になれば、安いといっても年に一割の利息はきつい。

しかも借りた相手は渡世人だ。

取り立てると決めたら、奉行所同心相手でも容赦はない。

この夜の三人は、一気に借金を棒引きにできる思案の詰めを重ねていた。貸元を巻き込んでの企《たくら》みである。

「おい、藤沢……」

呼ばれた藤沢が、内儀の尻を追っていた目を西川に戻した。

「人夫どもの検分はすませたか」

「抜かりはありません」

西川より三寸も背の高い藤沢は、座っていても年長者を見下したような物言いをする。西川が目の端をわずかにゆがめたが、藤沢は気にもとめていなさそうだった。

「わたしも藤沢の検分に立ち会いました。ご心配は無用と存じます」

大田が取り成した。

「ならばいいが、尾張町の肝煎連中は甘くない。くれぐれも抜かるなと、おまえたちから箱崎町《はこざきちょう》に念押しをしておけよ」

「まかせてください」

藤沢が胸を反《そ》らせて請け合った。

叢雲《むらくも》がかぶさったらしく、庭を照らす月明かりがいきなり落ちた。

三

五月十八日の八ツ（午後二時）過ぎ。

箱崎町の賭場の座敷で、代貸を従えた貸元と、定町廻同心とが向かい合っていた。

貸元は、あやめの恒吉《つねきち》である。

あやめは蛇の異名だ。つぼみを持ってのびた菖蒲《あやめ》の茎を、蛇に見立てた隠語である。恒吉の背中には、紺一色の蛇三匹が彫られていた。

「人夫のことは任せなせえ。おたくらにも見定めてもらった通り、口の固いのを選《え》り抜いてある」

同心相手でも、恒吉の物言いには遠慮がない。町人からぞんざいな口をきかれて、藤沢が目に力をこめて相手を睨んだ。

恒吉はお構いなしである。

煙草盆を引き寄せ、キセルに煙草を詰め始めた。

「おれの手配りを案じてもらうことはねえ。そんなことより、奉行所のなかの段取りは手抜かりなくできやしたかね」

言い放った恒吉は、キセルの火皿が真っ赤になるほどに強く吸った。

分厚い銀でこしらえたキセルには、もつれ合った二匹の蛇が細工されている。差し込む光を浴びた漆塗《うるしぬ》りの羅宇《ラウ》が、深みのある艶を見せていた。

「それこそ無用の心配だ」

藤沢が強い口調で言い返した。

恒吉の吐いた煙草の煙が押し戻された。

「ずいぶん強気だが、ほんとうにでえじょうぶだろうな」

「無礼だぞ」

藤沢が気色《けしき》ばんだ。

となりの大田が、藤沢の膝《ひざ》に手をおいて気を鎮めさせた。

ふうっと大きな息を吐き出してから、藤沢は大田の手をどけた。

「西川さんが、いまごろ役所で筆頭与力に話を通されているはずだ」

「はずじゃあ困る」

恒吉が藤沢の言葉尻に嚙《か》みついた。

それを聞いて、今度は大田がいきり立った。

「あんたのように喧嘩腰では、話が先に進まないぞ」

「だったら流せばいい。おれから頼んだ思案じゃない」

恒吉がキセルを持ったまま、天井を向いた。

代貸はひとことも口を挟まないが、隙《すき》のない目で大田と藤沢を見詰めている。

気まずい気配が座敷に満ちていた。

恒吉の賭場は、日本橋大店《おおだな》のあるじと、蔵前の札差《ふださし》だけが客だった。いずれもカネ遣いが大きくてきれいで、口が固かったからだ。

勝負はサイコロの丁半賭博《とばく》である。

この博打は丁半の賭け金が釣り合わなければ、勝負が成り立たない。賭場は場所と壺振りを用意するが、勝負にはかかわらないのが決めである。

丁半が釣り合わないと、そのへこみを埋める賭場もある。しかしこんな賭場は、壺振りに細工をさせて勝ちを取るのがほとんどだ。遊び客もそれを知っており、上客は寄りつかなかった。

恒吉は、勝負ごとに勝ち組からテラ銭を取るだけの、定法《じょうほう》通りの貸元である。ゆえに客のふところ具合の見定めには、なによりも気を配った。丁半互いに釣り合いの取れた、按配《あんばい》のよい勝負をさせるためである。

商うカネの大きさでは、札差連中は商家をはるかに超えていた。が、遊びに遣う金高では、商家も札差も互角である。

日本橋の老舗には、長いときを経た暖簾《のれん》と、蓄えてきたカネがある。札差相手の勝負なら、大店のあるじは一歩も引かずに見栄を張り、誇りを賭けた。

大店と札差とを嚙み合わせることで、恒吉の賭場は賑《にぎ》わった。

客を厳しく目利きする賭場だが、定町廻同心は別格に扱った。揉めごとが起きたとき、これほど心強い味方はいない。

恒吉の賭場に最初に出入りを始めたのは、西川である。いまから五年前に顔つなぎをしたのが日本橋乾物屋《かんぶつや》大店のあるじで、ことのほか賭場の上客だった。

それゆえ恒吉は喜んで迎え入れた。

ただし遊ぶカネは、すべて西川の自腹とさせた。乾物屋と西川との間で、貸し借りの揉めごとが生ずるのを恒吉はきらった。

「足りねえときは、賭場が用立てやしょう」

西川もこの取り決めを受け入れた。

月に二度、西川は箱崎町に顔を出した。

賭場からの用立てで、遊びが三年続いた。

「わしの仲間ふたりを遊ばせたいが、構わんだろうな」

申し出を恒吉は受け入れた。

西川が連れてきた仲間というのが、大田と藤沢だった。

定町廻同心は、役目柄、勤めが不規則である。また直接の上司を持たないだけに、身持ちのわるさを叱責《しっせき》されることもない。ゆえに歳《とし》を重ねても、ひとり身の者が多かった。

恒吉の賭場に出入りを始めた五年前の厄年《やくどし》までは、西川も内儀がいなかった。しかも身の回りの世話をする下男、下女さえいれば、暮らしに不自由はない。

定町廻は他の役目と異なり、武家の格式はゆるい。

役所の上役から妻帯を迫られることもない。

おんなが欲しければ、吉原であれ岡場所であれ、定町廻は格別の計らいが得られる。

西川は四十二歳まで、ひとり身の勝手のよさを味わっていた。

賭場で遊ぶ気になったのも、養う妻子のいない身軽さゆえである。

三度目の賭場で、西川は内儀の権助と出会った。

当時は深川芸者だった権助は、ひいき筋の旦那に連れられて遊びにきていた。

深川の芸者衆は男まさりの気風《きっぷ》と、野暮をきらう粋が売りものである。

源氏名には男名をつけた。

権助の本名はあやめである。

たまたま旦那の供をして遊びに寄った賭場の貸元が、同じあやめという二つ名を持っていた。それが気に入り、あやめは箱崎町に出入りを始めた。

「あやめさんは元気にしていなさるかね」

気まずい場の気配を振り払おうと思ったのか、恒吉が口調をやわらげて問いかけた。

「もちろん息災にしておられる」

答えたのは大田である。

藤沢はまだ目を怒らせていたが、大田は話を壊したくないらしく、恒吉の問いに素早く応じた。

「近ごろ、会われましたかい」

「近ごろもなにも、昨夜も西川さんの役宅でお会いしたばかりだ」

「そうですかい……」

恒吉が初めて目元をやわらげた。

「そもそもこのたびの思案は、西川さんのご内儀が思いつかれたのが元だ。入り用とあらば、いつでも会える」

大田の物言いが自慢げだった。

「あやめさんが一枚噛んでいなさったか」

恒吉と代貸とが目を絡《から》み合わせた。

「初めて聞くような口ぶりだな」

藤沢が皮肉っぽい言葉を恒吉に投げた。

「初めて聞きやしたぜ」

恒吉に代わって代貸が答えた。

藤沢を見詰める代貸の目つきが険しくなっていた。

四

五月十九日も終日晴れた。

朝の五ツには、尾張町の広小路を五十台の荷車が埋めた。どの車も壊した蔵の壁や、火事で焦がされたがらくたを多く運べるように、厚い杉板の囲いがしてあった。

現場の差配は伊豆晋の嘉市《かいち》である。

この日一杯で、壁土などの運び出しをすませるというのが、嘉市の段取りだ。

蔵の壊しがひと通り片づいたいまは、足場差配の富壱《とみいち》や大槌《おおづち》差配の数弥《かずや》も、運び出しの手伝いに加わっていた。

孔明《こうめい》はこの三日間、糸巻きを使って店ごとの敷地に縄張りを続けている。縄が少しでもぶれたら、隣り合わせの店と揉めごとが生じかねない。

「それじゃあだめだ、外側に一尺ばかりはみ出してるじゃねえか」

糸巻きの端を持つのは、縄を張る店の小僧である。奉公する店を思ってのことなのか、どこの小僧も外へ外へとはみ出そうとする。

孔明は目の高さに小筆を持ち、それを真っすぐに立てて縄の直線を確かめた。気の張る仕事である。

まだ朝も早いのに、孔明の禿頭《とくとう》には汗が浮いていた。

壊し業で名の通っている伊豆晋組は、工夫を凝《こ》らした道具を幾つも誂《あつら》えている。

長柄の先に、鉄を平らに伸ばした鋤《すき》を取り付けた道具は、嘉市の思案である。これを使えば、多量の壁土をすくい取ることができた。

尾張町の壊しを請け負った直後に、晋平は鋤百丁の誂えを出していた。五月早々に道具が仕上がり、真新しい鋤を富壱も数弥も手にしている。

「そこの二台は出していいぜ」

嘉市が車力《しゃりき》に指図した。

壁土やがらくたが山積みになった車二台が、尾張町を出た。行く先は深川の埋立地だ。

四ツ（午前十時）を過ぎるころには、壁土などを満載した荷車が、一台残らず尾張町を離れた。埋立地で荷を捨てた車が戻るまでには、およそ一刻半（三時間）はかかる。

嘉市は人夫や職人に、四半刻（三十分）の休みを告げた。

菓子はせんべい屋の武蔵屋《むさしや》、まんじゅう銘菓の虎屋《とらや》、それに豆菓子の近江家《おうみや》が受け持った。茶は大釜にたっぷり湯を沸かした、駿河屋《するがや》の役回りである。

火事に遭うまでは表通りで商いを競い合った老舗が、いまは一緒になって職人たちへの給仕を担《にな》っている。

茶も菓子も、急拵《きゅうごしら》えの露店で調《ととの》えられている。茶菓《さか》を運ぶ下女や小僧たちは、晴れ渡った皐月《さつき》の空のもとで、きびきびと動いていた。

端午《たんご》の節句はとうに過ぎたが、鯉のぼりはそのまま空を泳いでいる。数百人の働き手が鯉のぼりの周りに集まり、茶菓のもてなしを受けた。

嘉市たちも、そのなかに加わろうとした。縄張りの手をとめた孔明も一緒である。

そのとき、雑賀屋の小僧に呼び止められた。

「旦那様がお呼びです」

呼ばれたのは差配の嘉市ひとりである。

「おめえたちは茶でも呑んでてくんねえ」

数弥、富壱、孔明と別れた嘉市は、小僧に案内されて雑賀屋の蔵に向かった。

ときは四ツ半（午前十一時）過ぎだ。

五月の大きな陽が、尾張町の真上に差しかかろうとしていた。連日の晴天で焼かれた地べたからは、陽炎《かげろう》が立ち昇っている。雑賀屋の蔵が揺れて見えた。

片づけの荷車がすべて出払い、焼け跡の職人や人夫も休んでいる。尾張町にのんびりとゆるんだ気配がおおいかぶさっていたが、雑賀屋の蔵の辺りだけは張り詰めていた。

それを感じ取ったらしい嘉市の右手が、こぶしに握られた。

蔵に着くと、張り詰めのわけが分かった。

五人組が羽織を着て顔をそろえていた。

近づく嘉市を見て、雑賀屋が早くこいといわんばかりに、大きく手招きをした。

五人組の前にはふたりの武家が立っていた。

黒紋付の羽織に、白衣《びゃくえ》（熨斗目《のしめ》ではない着物の着流し）で二本を差している。

嘉市はひと目で、武家が八丁堀同心だと分かった。

「お呼びだそうで」

嘉市は雑賀屋に近寄ろうとした。それを同心が押しとどめた。

「その方が壊し差配か」

「へい」

「北町奉行所定町廻の大田である」

「へえ……」

前置きもなしに名乗られた嘉市は、返事に詰まった。

「その方、名はなんと申すのか」

「深川伊豆晋組の差配をやっておりやす、嘉市と申しやす」

「ならば嘉市、おまえに確かめたいことがある。これはわしと同役の藤沢だ」

藤沢は、まるで親しみを感じさせない目で嘉市を見ている。嘉市も同じような目で同心を見た。背丈がほぼ互角の男ふたりが、互いに目を逸《そ》らそうとはせずに向き合っている。

咳《せき》払いをひとつした大田がふたりの間に割って入った。

「尾張町肝煎たちは、蔵の壊しが本日限りで片づくと申しておる。それに相違はないか」

「ありやせん」

「ざっと見渡したところ、まだ方々に壁土の山がある。まことに本日限りで、これらは片づくのであろうな」

大田は、間に合うのかと言いたげだ。

同心の後ろに立つ雑賀屋が、困り果てた顔で嘉市を見ている。

「あっしが段取りして、肝煎さんに請け合ったことでやす。手違いはありやせん」

嘉市が胸を張って答えた。

「大層な意気込みだが、あれだけの山を、残る半日で運び出せるのか」

見下《みくだ》すような口調で、藤沢が嘉市に問うた。

「車は五十台ありやす」

嘉市が藤沢に向かって一歩を詰めた。

「壊しは尾張町の肝煎さんたちから請け負った仕事でやす」

「そんなことは、おまえに言われずとも分かっている」

「でしたら藤沢さま、なんだって奉行所のお役人が、片づくの片づかねえのと、ここで案じていなさるんで？」

「御用にかかわることだ」

藤沢が嘉市に向かってあごを突き出した。

「壊し屋の差配ごときに、わしから聞かせることではない。知りたくば、五人組から聞かせてもらえ」

言い終えた藤沢は、嘉市の胸元に右手の人差し指を突きつけた。

「今日のうちに片づけが終わらぬと、詫びではすまんぞ。そこのところを、しかと肝に銘じておけ」

藤沢が人差し指で嘉市の鳩尾《みぞおち》を突いた。

真上からの陽を浴びた嘉市の顔に血が上って、朱色に染まった。両眉の端が引きつっている。

こうなったときの嘉市は、相手がだれであれ、構わずに立ち向かう。手のひらを固く握ったことで、二の腕に血筋が浮き始めていた。

「なんだ、その面構えは」

藤沢の指が、ふたたび鳩尾を突いた。

嘉市は、うむっと気合の声を発してから息を止めた。上体が、はがねのように固く引き締められた。そのまま、藤沢に詰め寄った。

突き出した指が押し戻された。

藤沢は、一歩もさがろうとしない。

鳩尾はへこまず、藤沢の人差し指が押されて反り返りだした。

嘉市は鳩尾の痛みをはじき返しており、藤沢は指が反り返っても下がる気配を見せない。

大男ふたりが、意地を賭けて間合いを詰めていた。

嘉市の無礼を咎《とが》めて、藤沢は太刀を抜くこともできる。が、そんな気はまるでなさそうだった。

「そこまでにしておけ」

またもや大田がふたりを分けた。

藤沢の人差し指が、微妙に反り返っている。嘉市の上体に巻かれたさらしは、鳩尾のあたりが、ぼこっとへこんでいた。

「片づけは、文字通り命がけだぞ」

嘉市に言い残した藤沢は、物言いは横柄《おうへい》だったが、相手を認めた顔に変わっている。

立ち去る同心ふたりに、嘉市はあたまを下げた。

顔をあげたとき、藤沢が振り返った。

ふたりの目がもつれ合った。

先に藤沢が目元をゆるめた。

嘉市も同じ目に変わり、今度は深々とあたまを下げた。

五

二度目のがらくた積みは、九ツ半（午後一時）過ぎから始まった。

肝煎の熱田屋からわけを聞かされた嘉市は、目の色が変わっていた。

同心の物言いが気に障《さわ》った嘉市は、かならず今日中に片づけると啖呵《たんか》を切った。

埋立地から戻ってきた五十台の荷車に、休みなく壁土などが積まれている。その様子を見守る嘉市の顔にかげりが見えた。

でえじょうぶだ、やれるぜ。

おのれを力づけるような独り言を嘉市が漏らした、まさにそのとき。

「嘉市さん、ちょっといいかしら」

振り返ったら、晋平の女房おけいが立っていた。

「どうされやした。なにか、かしらにありやしたんで？」

がらくた運びの首尾を、嘉市は案じていた。その気持ちの揺れを見抜かれたような気がして、思わず晋平を案ずるようなことを口にした。おけいは大きく首を振った。

「ガラ運びの車が足りているかどうか、かしらが案じてるの」

「…………」

「いけないようなら、舟も使えって」

「かしらがそう言いなすったんで？」

おけいが笑顔でうなずいた。

嘉市の重たい心持ちが軽くなるような、やさしい笑いかけだった。

「じつは三原橋の船着場に、堅太郎さんが来てるのよ。あたしもその舟に乗ってきたの」

おけいが言い終わる前に、嘉市は三原橋へと駆けていた。

船着場には艀《はしけ》が十杯、一列に並んでいた。

橋のたもとから船着場には、荷揚げに使いやすいように、ゆるい坂道ができている。駆けてきた嘉市を見つけた堅太郎は、手早く猪牙舟を舫《もや》って寄ってきた。

毎日舟を漕ぐ堅太郎は、嘉市よりもさらに日焼けしていた。

「ご苦労さんでやす」

「差し出がましいとは思ったが、あんたの手助けになりゃあと思ってよう」

晋平と幼なじみの堅太郎は、伊豆晋の仕事にも通じていた。

「朝のうちに冬木町の宿をのぞいたら、晋平の野郎、ひとりで気を揉んでやがったんだ」

「仕事のことで、でやしょうか？」

「あんたのガラ運びについてさ」

堅太郎があっさり言ったことが、嘉市にはこたえた。

尾張町の差配すべてを、晋平は嘉市に任せていた。今日の段取りについても、余計な口は一切はさまずに送り出した。

しかし陰では気を揉んでくれていたのだ。

それが分かった嘉市は、即座に面子《メンツ》を捨てて、堅太郎に助けを求めた。

「艀を数えやしたが、十杯ありやすね」

「入り用かどうかが分からねえから、とりあえず気心の知れた連中に声をかけた」

「ほんとうに助かりやす」

「そうかい、使ってくれるかい」

「あたぼうでさあ。地獄で如来様《にょらい》に会えたようなもんだ」

気持ちをこめて、嘉市が深い辞儀をした。

「よしねえ。口で聞かされただけで充分だ」

嘉市のあたまを上げさせた堅太郎は、すぐさま艀の船頭たちに触れて回った。

堅太郎が連れてきた艀は、どれも三丁櫓《ろ》の大型船である。段取りよく積めば、一杯の艀で車三台分の壁土やがらくたが運べそうだ。

「すぐに荷を運びやすから」

船頭たちと話し込んでいる堅太郎に大声で伝えてから、嘉市は車に駆け戻った。

艀一杯で車三台。

嘉市が胸のうちでつけた見当だったが、どの艀も余裕で四台分が積み込めた。

十杯の艀で、四十台の車が空になった。

船着場から戻った車は、もう一度がらくたを山積みにした。

最後の一台が尾張町を出たのは、八ツ半を大きく過ぎたころである。しかし五月の陽はまだ元気で、西空の高いところにある。

七ツの鐘が鳴ったころには、尾張町はすっかり片づいていた。

「大した手際だ。これなら役人も、文句のつけようがないだろう」

熱田屋が大いに感心していたが、明日のことを思ってなのか、笑みはなかった。

深川冬木町の伊豆晋の宿では、五ツからねぎらいの酒盛りが始まった。

尾張町に顔を出したおけいは、帰り道に日本橋の魚河岸に立ち寄り鰹《かつお》を仕入れた。脂の乗りも上々だったが、造りで食べられるほどの活きはなかった。

おけいは三枚におろし、生姜《しょうが》と一緒に甘がらく煮付けた。骨身も同じ煮汁で料理した。

昼間たっぷり汗を流した嘉市たちは、強い味の煮付けに大喜びした。

あとは茗荷《みょうが》ときゅうりの和《あ》え物に、生姜と削り節が薬味の冷やっこである。

井戸水で冷やした酒が、同じ冷水で冷やした銚釐《ちろり》に入って出されている。

「かしらの手配りで、ガラ運びがきれいに片づきやした。ありがとうごぜえやす」

「おれはなにもしてねえよ」

礼には取り合わず、晋平は銚釐の細い口を嘉市に向けた。盃で受ける嘉市の顔が、いまひとつ、はずんでいない。

「なにか思うことがありそうだな」

「酒のめえに、聞いてもらいてえことがありやして」

「いいとも。存分にやってくれ」

晋平に促された嘉市は、冷やし酒を干さぬまま盃を膳に戻した。

「かしらは天野屋利兵衛《あまのやりへえ》という名に、聞き覚えはありやすか」

「おまえは戯《おど》けでおれに訊《き》いてるのか」

晋平が本気で嘉市を睨みつけた。

「かしらにおどけで問うなんざ、できるわけがありやせん」

「だったら、ほんとうに知らないのか」

「知りやせん」

「おまえたちはどうだ？」

晋平は富壱、数弥、孔明に訊いた。

だれも答えられなかった。

「たかだか十五年前のことじゃねえか」

舌打ちした晋平は、嘉市たち四人を膝元に呼び集めた。

「天野屋利兵衛は男でござる」

晋平の物言いは芝居がかっていた。

「十五年前、赤穂浪士の討ち入りを助けた上方《かみがた》の商人《あきんど》だ。おまえたちのなかの、ひとりも天野屋を知らなかったのか」

「めんぼくねえこって……」

四人が消え入りそうな声で答えた。背中が示し合わせたように丸くなっている。

「うちらの稼業は、腕も大事だが男振りが売りだ。二度とおれに、天野屋を知ってるかなどと訊くんじゃねえ」

思いっきり叱《しか》りつけたあと、嘉市に話の続きを語らせた。

「北町奉行所の定町廻同心が、明日の朝五ツから尾張町の焼け跡を掘り返すんでさ」

「なんでまたそんなことを」

晋平の声が尖《とが》ったままである。

嘉市からあとの言葉が出なくなった。

「いいから続けろ」

晋平が冷やし酒をぐいっと干した。

嘉市は口を開く前に背筋を張った。

「かしらが口にされた天野屋利兵衛てえひとが、尾張町のだれかに書付を渡したらしいんでさ」

「なんだとう」

盃をおいた晋平が身を乗り出した。

「なんの書付だ」

「それは尾張町の肝煎衆も、聞かされておりやせん。ただ天野屋利兵衛の書付としか言われなかったてえやした」

「奉行所は、どっからそんな話を聞き込んだんだ」

「それも聞かされてはいねえようでして」

「だれかが地べたに埋めたというのか」

「…………」

要領を得ない嘉市の話に晋平が焦《じ》れた。

「天野屋利兵衛は、赤穂の大石様に別誂《べつあつら》えの刀を渡したひとだ。それが御上にばれて、天野屋は役人からきつい詮議《せんぎ》を受けた。ところがどんなに責められても、ひとっことも口を割らなかった」

嘉市たちは、初めて聞く話である。四人とも、晋平を食い入るように見詰めていた。

「役人たちは水責めにしたり、重い石を抱かせたりして散々に責めたが、天野屋はとうとう口を割らなかった。その代わりに言ったのが、男でござるの名セリフだ」

喉《のど》が渇いた晋平が盃を干した。

四人がそろって喉を鳴らしたが、酒を呑む者はいなかった。

「首尾よく討ち入りを果した赤穂のひとたちが、ひとり残らず切腹させられたのは、おまえたちも知ってるだろうが」

「もちろんでさ」

四人が答えに力を込めた。

「世間の声に押されて、御上は天野屋利兵衛を解き放った」

「いまでも生きてられるんですかい？」

嘉市が問いかけた。晋平のうなずき方はあいまいだった。

「まだどこかで生きてるはずだが……」

晋平が思案顔になっていた。

「もしも尾張町のどこかから天野屋の書付が出たりしたら、どえらい騒ぎになるかも知れない」

晋平が話を閉じた。

夜風が、行灯《あんどん》の明かりをゆらゆらっとさせて通り抜けた。

六

五月二十日の尾張町は、夜明けからひとで溢《あふ》れ返っていた。

ひとの群れは大きく分けて三つあった。

ひとつは、尾張町商家のあるじと奉公人たちである。火事のあと、まだ商家は一軒も建てられていない。壊さずにすんだ蔵が四蔵、広い焼け跡のなかに点在しているだけだ。

しかし店ごとの敷地を示す、縄張り作業は終わっていた。張り巡らされた縄のなかには、あるじと奉公人が集まっている。

尾張町一丁目、二丁目合わせて、商家は二十六軒だ。縄の内側にいる人数が、ひとつの店で二十人。これは尾張町五人組からの触れに従っての人数だった。

この数だけで五百二十人である。

町は広く、五百二十人が集まったところでどうということもない。しかし四つの蔵と鯉のぼりしかない町では、この数のひとの群れは目立った。

ふたつ目は伊豆晋組と初小川組の差配、職人、人夫たちである。

片づけは昨日で終わった。

このあとは、商家敷地の地ならしと土台造りに入る。

尾張町五人組は、商家二十六軒の総意として、地ならし・基礎の石組み・蔵普請を晋平に頼んでいた。

伊豆晋は壊しが生業《なりわい》で、造りは得手ではなかった。が、いまの伊豆晋には上方から流れてきた鳶《とび》の一通《いっつう》がいた。

初小川組にも、基礎仕事が得意な鳶職人が三人いるという。

初小川組のかしらと掛け合った晋平は、尾張町からの申し出を受けた。組で抱えている一通の腕のほどは、雑賀屋の蔵で船箪笥を探し当てた一件で知り尽くしていた。

いよいよ今日から地ならしに入る。

その作業段取りを組むための下見を兼ねて、晋平は組の差配四人と、職人十五人を引き連れていた。

初小川組も、同じ数の職人たちを焼け跡に連れてきている。

晋平に差配四人、それと職人十五人で、伊豆晋組が都合二十人だ。

初小川組は差配を含めて十七人。

ふたつの組を合わせて三十七人の男たちが、股引半纏《ももひきはんてん》姿で雑賀屋の蔵の周りに集まっていた。

三つ目は、北町奉行所から出張ってきた役人と人夫の群れである。

指図役は、北町奉行所定町廻同心、西川信吾である。ほかに大田丈助、藤沢四郎の同役が西川の補佐役で立っていた。

三人は八丁堀同心の定服《じょうふく》、黒紋付の羽織に白衣帯刀姿である。組屋敷を出る前に手入れをした髪からは、びんつけ油の香りが放たれていた。

同心が連れてきた人夫は三十人だ。

人夫みんなが縞木綿《しまもめん》の褄《つま》を端折《はしょ》り、帯に挟んでいる。着物の下には紺股引をはいており、編み上げのわらじの紐を股引にきつく結んでいた。

人夫三十人は、見事なまでに背丈も身体つきも揃っている。

背丈は五尺五寸（約百六十七センチ）の見当だ。まくりあげた縞木綿の袖口《そでぐち》からみえる腕は太く、力仕事をこなす者ならではの姿だった。

が、その太い腕も顔も、さほど日焼けしておらず、むしろ色白に近い。眉は太い者もいれば、薄くて細い者もいたが、目つきの鋭さは三十人すべてが同じだった。

手には揃いの鋤を持っている。

立ち姿にも乱れはなく、背筋がしゃきっと伸びていた。

そして全員が隙《すき》のない目をしている。

奉行所お抱えの人夫というよりは、出入りに備える渡世人の群れのようだった。

「肝煎たちはこれに参れ」

西川の指図を受けて、尾張町五人組が同心の前に集まった。組頭の美濃屋に求められて、晋平も五人に付き従った。

その晋平を西川が見咎《みとが》めた。

「その方はなんだ」

「てまえどもが蔵壊しと地ならしを頼んでおります、深川伊豆晋のかしらでございます」

美濃屋が口添えをした。

「一丁目、二丁目の地べたには、てまえども五人組以上に通じておりますゆえ、本日のお役目の手助けになると存じましたもので」

「助けなど無用だ」

短い言葉で、西川が美濃屋の言い分を撥《は》ねつけた。

「西川殿……」

藤沢がそばに寄ってきた。

「なんだ」

「昨日つぶさに見ておりましたが、伊豆晋の差配は腕の立つ男です。これからの次第を聞かせても、役立つことはあっても邪魔にはならないでしょう」

藤沢がいつもの横柄な口調で、伊豆晋の肩を持つようなことを言い出した。美濃屋が何度も大きくうなずいた。

西川は目の端をゆがめたものの、肝煎の前であることを思ったのか、藤沢の取り成しを受け入れた。

「ことの始まりに際し、北町奉行よりの沙汰書《さたがき》を示す」

西川はふところから一通の書状を取り出し、太筆で書かれた「沙汰書」の上書きを五人組に示した。

五人と晋平がこうべを垂れた。

「過日、北町奉行にあてて一通の訴状が投げ込まれた。名は明かさぬが、江戸市中にて大きな商いを営んでおる、素性の確かな者からの訴えである」

西川は沙汰書を読むのではなく、おのれの言葉で伝えている。晋平たち六人は、こうべを垂れたまま、それを聞いていた。

「訴えは、尾張町一丁目及び二丁目の商家のいずれかが、天野屋利兵衛と通じており、元禄十五年某月、天野屋よりの密書を預かり置き、地所内某所に埋めたとしてあった」

昨日、大田・藤沢から、訴状のあらましを五人組は聞かされていた。しかし沙汰書を示されたいまは、五人とも押し黙り、息を詰めて聞き入っていた。

「元禄十五年、十六年の詮議の折り、天野屋は口を閉ざし、公儀に歯向かった。しかしながら御老中方の特段なるおぼしめしにより、お咎めなしで許された。この仔細は言わぬが、その方たちも聞き及んでおろうが」

こうべを垂れたままの五人組が、はい、と口を揃えた。

「解き放ちはしたが、天野屋の疑いが晴れたわけではない。このたびの訴状は、そこに触れておる。奉行所としても捨て置くわけにはいかぬゆえ、役所の手により掘り返すこととあいなった。おもてをあげてよいぞ」

てんでに深い息を吐き出しながら、五人組が顔を上げた。晋平もそれにならった。

「これより奉行所差し回しの人夫が、五人ひと組となって、すべての地所を掘り返す。口出し、手出しは一切無用と心得よ」

「おそれながら、おたずね申し上げます」

問うたのは、五人組首領格の熱田屋だった。

西川が尖らせた目で、問いの中身を促した。

「お探しのものは、どのような形でございましょうか」

「公儀の秘事だ。その方らが知ることではない」

西川が熱田屋を睨《にら》みつけた。

「掘り出したものは、すべて奉行所に持ち帰る。繰り返すが、人夫のすることに一切の手出し、口出しは無用だ。余計な振舞いに及ぶ者は、ひとり残らず縄を打つ。それをみなに周知せしめるのが、その方らの務めだ」

熱田屋は得心できないらしく、渋い顔でうなずいた。残りの五人組も同じ心持ちのように見えた。

それでも西川に辞儀をしただけで、口は開かずに持ち場に戻った。

日本橋石町《こくちょう》から、五ツを告げる鐘の音が流れてきた。

七

五月二十日の正午。

八丁堀西川の組屋敷では、内儀のあやめがひとりで昼酒を呑んでいた。

気だるさを覚える夏の昼である。あやめの胸元も開き気味だった。

さりとて、だらしなく開いているわけではない。ほどよく開いているのだ。

つい男が生唾《なまつば》を呑んでしまう、役人の内儀とも思えない艶っぽさ。これを漂わせることができるのは、しっかりとあやめの身についた芸当といえた。

このたびの尾張町掘り返しは、あやめの思いつきだった。西川が抱えた賭場の借金を棒引きさせるための思案として、である。

五年前に箱崎町の賭場で、あやめは初めて西川と出会った。大店の旦那衆と札差だけが客だと聞かされていたのに、ひとり武家が混じっていた。

西川は賭場でも黒羽織を着たままだ。

髪は武家とも町人ともつかない、八丁堀髷を結っている。顔つなぎされるまでもなく、西川の素性がひと目で知れた。

あやめは役人が、とりわけ奉行所同心がきらいだった。

金遣いはつましいのに、役目を笠に着て威張り散らす。しかも使ったカネ以上の金品を、茶屋や待合から脅《おど》し取るのだ。

深川に出入りする同心、十手持ちの品性のいやしさが、あやめは吐き気がするほどにきらいだった。

賭場で遊びながら、八丁堀の者であることを見せつける西川を見て、あやめは賭場から出たくなった。

「あのひとは別だよ」

あやめの様子を見て、連れてきた日本橋大店のあるじが耳打ちした。それを聞いて、あやめも腰を落ち着けた。

西川は、聞かされた通りだった。

負けても舌打ちをするだけである。

勝ったときには出方《でかた》（仕切り役）に祝儀を切る。そしてツキの見極めがよく、下りに差しかかると見《けん》を続けた。

遊び方が役人に似合わず粋なのだ。

あやめの気が動いた。が、互いが口をきいたのは三度目に会ったときである。

その夜、西川もあやめも大きく負けた。そして賭場から借金した。西川は五両、あやめは三両である。

ふたりとも、それも負けた。

「今夜は目が出ませんねえ」

話しかけたのは、あやめからだった。

盆を離れたふたりは、別間で賭場が調《ととの》えた夜食を口にした。酒もやり取りした。

そして求め合うようにして、その夜、肌を重ねた。

「おれの屋敷で暮らさぬか」

西川は本気だった。

芸者暮らしに飽きがきていたあやめは、西川の申し出を受け入れた。

同心職を務めるなかで、色々と悪事を重ねていることを、西川の口から聞かされていた。が、あやめも身ぎれいに生きてきたわけではない。悪事云々は気にならなかった。

博打と酒が好きなあやめは、蓄《たくわ》えは一文もなく、置屋には十七両の借金があった。恒吉の賭場にも、半年で八両二分の借金をこしらえた。

すべてを西川が引き受けた。

が、ひとり身で好き勝手に遊んできた西川にも、蓄えは一両もない。

西川は恒吉と掛け合い、あやめの借金をおのれに付け替えさせた。そのうえ二十両を借り受けて、置屋の借りを片づけた。

恒吉がこの話を受けたのは、西川の身分を考えてのことではなかった。

あやめが時おり見せる、余人にはない勝負勘を買ってのことである。恒吉は、それを西川に隠さなかった。

組屋敷に暮らし始めて、すでに五年。

同心の体面を考えて、あやめは賭場には出入りしていない。西川は悪事仲間の大田、藤沢を伴って、相変わらず遊んでいる。

西川の借金が百両に届きそうになって、恒吉が返済を迫り始めた。大田、藤沢にも同様だった。

「恒吉がうるさいことを言い出した」

西川がぼそりと漏らした矢先に、尾張町、小石川で立て続けに火事が起きた。

「尾張町の火事場なら、さぞかしお宝が埋もれてるでしょうねえ」

こども時分に、あやめは火事場から焼けた文銭やら鉄の塊《かたまり》やらを、何度も拾ったことがある。それを思い出して西川に話した。

西川が乗った。

カネに聡《さと》い尾張町の商人なら、床の下にはさぞかし金品を埋めてあるに違いない。火事で焼け落ちたいまなら、もっともらしいわけさえあれば、そっくり掘り返すことができる。

大田、藤沢を抱き込み、知恵を絞った。

そして天野屋利兵衛に行き着いた。

いまごろは、幾つのお宝を掘り出しているかしらねえ……。

あやめがまた盃を干した。

「人夫の連中は、堅気《かたぎ》じゃありやせんぜ」

きれいに縄張りをした敷地を、構わず掘り返す人夫を見ながら、孔明が苦々しげに晋平に耳打ちした。

「分かってる。この話には裏がある」

晋平が応じたとき、二丁目のほうから数弥が駆け戻ってきた。

「かしら、ちょいと耳をかしてくだせえ」

数弥の顔色が変わっている。

晋平と孔明が掘り返し場を離れた。

「なにか分かったか」

「奉行所の同心が音頭を取って、騙《かた》りをやってやすぜ」

昼飯を食う人夫がうっかり漏らした話を、数弥は知らぬ顔で聞き込んでいた。

「同心三人は、まぎれもねえ本物の定町廻でやすが、人夫は箱崎町の貸元が仕込んだ流れ者ばっかりなんで」

「大方、そんなところだろう」

晋平はさほど驚いた様子を見せなかった。

「お店《たな》から掘り出したお宝を、そっくりいただこうという魂胆《こんたん》だろう」

「その通りなんでさ」

晋平の見立てを聞いて、数弥は心底から感心していた。

「目端《めはし》の利く商人だといっても、尾張町の旦那衆は、所詮は育ちのいい堅気だ。役人が騙りを仕掛けるなどは、思案のほかだろう」

「そんなもんでやすかね」

こぶしにした右手で、孔明は左の手のひらを叩いた。バチンという鈍い音は、縄張りをぐしゃぐしゃにされた悔しさをあらわしているようだった。

「どうしやしょう、かしら」

「どうもしない」

「えっ……」

数弥と孔明がいぶかしげな目で晋平を見た。

「いまは、どうもしないということだ」

晋平の目は、すぐ先の掘り返し場に立っている藤沢を見ていた。長い五月の陽が、少しずつ江戸城に向かって傾き始めている。

その陽が、大柄な藤沢に注いでいた。

「役人が、本気になって騙りを仕掛けてきたんだ。半端なことを言ったりしたら、役目を盾《たて》に取られてこちらが潰《つぶ》される」

「なるほど……かしらの言われる通りだぜ」

数弥と孔明とがうなずき合った。

「おれたちが騙りを見抜いたことを、あいつらは気づいてない。しっかり備えを構えて立ち向かえば、尾張町の旦那衆にも勝ち目が出るはずだ。おれがいいと言うまでは、旦那衆にも余計なことを言うんじゃないぞ」

晋平は菊水屋を思いながら話していた。

雨漏りの水受け代わりに使っていた『うずくまる』は、足場丸太の損料屋、徳力屋に途方もない高値で売れた。

菊水屋は売値の三分の一を、晋平にくれると言ってきかなかった。百両の大金を、である。ひとまず受け取ってはあるが、折りを見て返そうと晋平は腹積もりをしていた。

そんな気前のよい菊水屋も、いまこのとき、騙りの餌食《えじき》になろうとしている。

いまは死んだふりだ……。

そう決めた晋平は、くちびるを固くかみ締めた。

奉行所の役人は、日暮れ前の七ツ半には仕事を終えた。

「これが掘り出した品の目録だ」

西川自筆の目録を美濃屋に手渡した。

「吟味《ぎんみ》を終えたのち、咎《とが》めがなければ各々の持ち主に返す折りの目録だ。大事にしまっておけ」

あたまから信じ込んでいる美濃屋は、両手で目録を押し戴《いただ》いた。

人夫三十人に掘り出させた品々は、大八車一台に山積みされた。

ほとんどが木箱である。

商家の多くは、元禄時代に建てられていた。古くてもまだ三十年は経っていない。その敷地から出た物ゆえ、さほどの古さはなかった。

が、先代が埋めたものがなにか、代替わりしたいまの当主は知らない。埋めてあったことすら、知らないあるじが多かった。

人夫が曳《ひ》いて帰る車の荷を、何人もの旦那衆が物惜しげに見ていた。

夜に入っても、晋平は尾張町を離れなかった。翌日からの段取り思案もあったが、この先で同心たちとどう遣《や》り合うか、そのことに思いを巡らせていた。

「伊豆晋さん……」

三度呼ばれて、初めて晋平は気づいた。

呼びかけているのは雑賀屋庄右衛門だった。

「どうされました」

「あたしと一緒にきてください」

　連れて行かれたのは、雑賀屋の蔵である。百目蠟燭が一本灯されており、明かりが床に置いた松の木箱を浮かび上がらせていた。雑賀屋が木箱の蓋《ふた》をとり、なかから八角形の焼き物を取り出した。

　ひと目見て晋平は飛び上がりそうになった。

　道具屋の国茂から、三月に教えてもらった幻の焼き物、宋胡録《すんころく》にそっくりだったからだ。

「どこにあったんですか」

「母屋だった場所です。奉行所のひとたちは先を急いでいたらしく、この木箱を見逃したようです」

　雑賀屋の顔が青ざめている。

　焼き物の値打ちを分かっているのか……。

　雑賀屋が道具に気を動かす男とは、晋平は思ってもいなかった。

「定かには分かりませんが、大層な値打ち物だと思います」

　晋平は見立てを正直に伝えた。

「なんの話ですか」

雑賀屋が口を尖らせた。

「なんのって……この焼き物をあたしに見せたかったんでしょう？」

「こんなものはどうでもいい」

ぞんざいに言い放った雑賀屋は、宋胡録の蓋を取った。

なかに一枚の書付が入っていた。

「これを見てください」

受け取った晋平は、百目蠟燭の明かりに書付をかざした。

崩した字が書かれている。

達筆過ぎて晋平には読み下せないが、最後の一行だけは、はっきりと読み取れた。

利兵衛と書かれていた。

なで肩

一

享保《きょうほう》二年五月二十二日は、四ツ（午前十時）の陽がすでに力強かった。

空の根元から湧き上がった雲は、梅雨《つゆ》が近いことを伝えている。ここ十日ほど晴天が続いているが、江戸に暮らす職人の多くは、遠からず梅雨入りするとわきまえていた。

箱崎町《はこざきちょう》の貸元の宿に向かう晋平《しんぺい》も、壊し屋の稼業柄、もちろん空が読める。

それに加えて永代橋を渡るとき、頬に受けた風に湿り気を感じていた。

持ってもあと五日だろう……。

晋平は胸のうちで、梅雨入りまでの残りを算用した。

橋を渡る晋平の顔が曇っている。

梅雨が近づいていることに、うっとうしさを感じていたからである。

晋平の稼業は雨が降ると、たちどころに捗《はかど》り具合がわるくなる。どれほど日照りがきつくても、雨降りよりはよほどにましである。

そうはいっても梅雨からは逃げられない。毎年この時季になると、晋平の顔が曇った。

さらに、これから談判で差し向かう相手の手ごわさが、晋平の眉根に深いしわを寄せさせた。

おととい、北町奉行所の定町廻同心《じょうまちまわり》三人が、役所差し回しだと騙《かた》った人夫三十人を引き連れて、尾張町に出張《でば》ってきた。

人夫は箱崎町の貸元、あやめの恒吉《つねきち》が仕込んだ渡世人だった。そのことを、孔《こう》明《めい》から耳打ちされた。

人夫の人相や立ち居振舞いを見たときから違和感を覚えていた晋平は、貸元の仕込みと聞いて得心した。

晋平は平野町《ひらのちょう》の貸元、徳俵《とくだわら》の伊兵衛《いへえ》と付き合いがあった。

何度か役人や目明しと揉め事を起こしたが、伊兵衛はお咎《とが》めなしで放免されてきた。徳俵は、それを見てきた芝神明町《しばしんめいちょう》の貸元が付けた二つ名である。

箱崎町との談判に先立ち、晋平は貸元の人となりを伊兵衛から聞き込んだ。

「どんな用向きで出向くのかは、聞かせなくてもいい」

伊兵衛の口調がこわばっていた。

「筋の通らねえ話を持ち込むやつは、相手が武家でも容赦しねえ貸元だ。肝の太さで言えば、芝の親分と互角だろう」

盃を干しつつ、伊兵衛は晋平を見据《みす》えた。

「肚《はら》をくって向かわねえと、潰《つぶ》されるぜ」

伊兵衛はあわれむような目で晋平を見たあと、もう一度盃を干して話を閉じた。

永代橋を渡りながら、晋平は伊兵衛の話を何度も思い返した。

晋平が箱崎町の貸元の宿に談判に出向いているのは、尾張町の五人組に頼まれてのことではない。

肝煎衆《きもいりしゅう》はまだ、定町廻同心が口にしたことを信じ込んでいた。

晋平はあえてまことを打ち明けていない。

尾張町の大店《おおだな》のあるじや、五人組肝煎のなかには、奉行所役人と心安い者もいる、と晋平は判じていた。

うっかり騙りのことを話したりしたら、旦那衆が息巻いて、ことをこじらせるに決まっている。

定町廻がなぜ貸元と結託して、天野屋利兵衛の書付などという騙りを企《くわだ》てたのか、その真意をつかむことが先決だと晋平は断じた。

それゆえ、肝煎の知らないところで動いていたのだ。

五人組に知らせずにひとりで出向いているのは、ほかにもわけがあった。

ひとつは壊し屋としての面子《メンツ》である。

晋平は、蔵の壊しを尾張町の旦那衆から任された。そして見事に成し遂げた。

しかしまだ、請け負った仕事は終わってはいなかった。

壊しの首尾に大満足した旦那衆は、新規の蔵普請《くらぶしん》も請け負って欲しいと言い始めた。

壊し専門の晋平は返事をためらった。

が、さいわいにも上方から下ってきた一通《いっつう》が、伊豆晋《いずしん》にわらじを脱いでいた。

一通は壊しではなく、造りが得手《えて》だった。

このたびの壊しにおいても、江戸の職人が知らない技を幾つか見せた。

底に大きな二重丸を描いた真っ白な盃に、水を張って一通は足場に置いた。丸の中に水が入るように傾きを加減して、足場の丸太をまっすぐに結んだ。

足場差配も知らなかった技である。

これを見て、伊豆晋の差配連中は一通に一目置いた。

晋平も感心した。

「わしは壊しよりも、造るほうがなんぼか得手やねん」

酒席で漏らした言葉を覚えていた晋平は、尾張町旦那衆の頼みを一通に聞かせた。

「蔵の普請は地べたの石組作事が肝心ですわ。わしの差配でええのやったら、存分に働かせてもらいまっせえ」

一通の静かな物言いの中には、職人の矜持《きょうじ》が満ちていた。それを受けて、晋平は蔵の普請を請け負った。

基礎作事はこれからである。

その大事な普請場を、もっともらしい騙りを口にする役人と渡世人とに踏み荒らされた。

晋平は、そのことの決着をつけようとしていた。伊兵衛は出方を誤ると潰されると言ったが、晋平は意に介さなかった。

それほどに、普請場を荒らされたことには怒りがあった。

ひとり箱崎町に向かっているもうひとつのわけは、天野屋利兵衛《あまのやりへえ》を騙りに使ったことへの腹立ちである。

天野屋は大石内蔵助《くらのすけ》との約定を守り、役人に身体を責められても口を割らなかった。その生き方を、晋平は心底から敬《うやま》っていた。

憧《あこが》れのひとを、こともあろうに騙りに使われた。それが晋平には許せなかった。

とはいうものの、雑賀屋庄右衛門《さいかやしょうえもん》が母屋の焼け跡から掘り出した宋胡録《すんころく》には、利兵衛の名が記された書付が入っていた。

うろたえる庄右衛門に固く口止めした。

その上で晋平は、書付の解き読みを道具屋の国茂《くにしげ》に頼んだ。名前のほかは達筆すぎて、晋平にも庄右衛門にも読めなかったからだ。

箱崎町に出向く前に知りたかった晋平は、町木戸が開くのを待って使いを出した。ところが古文書を読みなれている国茂にも、このたびの書付はむずかしかったようだ。

「あと両日ほど待って欲しい」

使いは国茂の断わりを持ち帰ってきた。

永代橋西詰の橋番小屋に、晋平が差しかかった。ここから箱崎町までは、もう十町（約千百メートル）もない。

どんな談判をすればいいんだ……。

晋平はまだ思案がまとまっていない。

橋を渡り切ると、前方左手には霊巌島《れいがんじま》新堀に架かる豊海橋《とよみばし》が見えてきた。この橋を渡って堀伝いに歩けば、すぐ先が八丁堀である。

尾張町の焼け跡から掘り出した品を運び出した同心は、目録を肝煎に手渡した。目録には、品物は八丁堀自身番小屋に預かり置くと記されていた。

旨《うま》い思案が浮かばず、ふっと弱気になった晋平は、箱崎町ではなく自身番小屋に向かおうかと思った。

貸元よりは、定町廻のほうが談判しやすいと思えたからだ。

威張ってはいても、武家相手であれば道理が通ずる。このたびのことは騙りだと突きつければ、武家は腰がひけるだろう。

ところが渡世人には、その手は通じない。

ひとに嫌われることや、世間体を屁とも思わない連中相手の談判は、伊兵衛に教えられるまでもなく厄介だ。

そんなことを考えつつ、晋平は足を豊海橋へと向けた。

箱崎町とは反対の方角だった。

十歩ほど歩いて足が止まった。

二羽の鳩が晋平の行く手に舞い降りた。その二羽が、地べたに足をついて向かい合っている。

晋平の顔色が変わった。

鳩は富岡八幡宮の紋の形をなしていた。

逃げてどうする……。

晋平は富岡八幡宮の氏子《うじこ》である。

こんなことじゃあ、八幡様にも天野屋利兵衛にも顔向けできない……。

きびすを返して歩き始めた晋平の歩みからは、迷いが消えていた。

二

永代橋を渡った晋平が、肚《はら》を決めて箱崎町へと歩き始めた四ツ過ぎ。

八丁堀の自身番小屋には、定町廻三人と、恒吉が差し向けた若い者しかいなかった。

二十日の午後から小屋番と小屋付の目明し三人は、浜町と京橋の番小屋に追いやられていた。尾張町で掘り出した獲物を仕分けるために、西川が下した指図である。

二十日の夜から、恒吉の手下が泊り込んでいる。番小屋の土間には、その若い者と同心の大田とで並べた、七個の木箱が置かれていた。

このたびの焼け跡掘り出しを思いついたのは、西川の内儀、あやめである。その思案を買った西川は、悪事仲間の大田と藤沢を企みに引きいれた。

三人とも、箱崎町の恒吉に大きな借金を負っている。その借りを、掘り出したお宝で帳消しにする算段だった。

商家の焼け跡からは、あやめの読み通り多くの木箱や器などを掘り出すことができた。

その量、大八車に山積み一台分である。

尾張町を出た車が八丁堀自身番小屋に着いたころには、日はすでに暮れていた。

車に付き従ってきた人夫たちの手で、木箱などが番小屋の土間に積み重ねられた。

どの木箱もずっしりと持ち重りがした。

その重さに人夫はひたいに汗を浮かべたが、西川たち同心三人は、胸のうちに湧き上がる喜びを隠すことで、手のひらを汗で濡らした。

五ツ（午後八時）を過ぎたころに、恒吉が顔を出した。土間に入った恒吉は、番小屋の暗さに顔をしかめた。

賭場は百目蠟燭を惜しげもなく使っているが、番小屋の明かりは行灯《あんどん》だけである。費《つい》えにうるさい役所は、蠟燭を使うぜいたくを許さなかった。

「あんたの賭場のようなわけにはいかぬ」

憮然《ぶぜん》とした顔つきの恒吉を、西川がたしなめた。それでも同心の口調が明るかったのは、腹積もり以上に獲物が掘り出せたからだった。

「夜明けを待たねえことには、いいもわるいも言えやせんぜ」

山積みされた木箱を見ても、恒吉の物言いは渋い。同心三人が白けた顔を見合わせた。

それを見て、恒吉はさらに眉間《みけん》にしわを寄せた。

「商人が金銀を仕舞うのに、木箱は使わねえ。せいぜい大きくても、素焼きの瓶《かめ》がいいところだ。夜明けを迎えて、西川さんが気落ちしねえことを祈ってやすぜ」

言いたい放題を口にして、恒吉は番小屋から出て行った。あとには同心三人と、不寝番を言いつけられた若い衆が残った。

「恒吉はいつもあの調子なのか」

若い大田がきつい声で渡世人に問うた。

「親分はゼニを手にしねえ限りは、どんな話も本気には聞きやせん」

これだけ答えると、渡世人は口をつぐんだ。

明けて二十一日も朝から晴れた。

西川、大田、藤沢の三人は、五ツに奉行所筆頭与力の前に顔を揃えた。

他の同心とは異なり、定町廻は筆頭与力が差配をする。三人は口頭で前日の動きを与力に伝えた。

定町廻は格別の沙汰がない限り、一日の動きは自由である。三人はいずれも、偽《いつわ》りの日報を伝えた。

昨日は江戸に火事もなく、平穏に一日が過ぎていた。報告を受けた筆頭与力は、三人に口頭で了を伝えた。

いつもの朝なら、あとの動きはどこに行こうとも勝手である。三人はすぐさま自身番小屋に向かう心積もりをしていた。

が、この朝はいつもと違った。

「西川は隅田村の木母寺《もくぼじ》を知っておるか」

「存じませぬが、その……木母寺とやらに、なにか不都合でもございましょうか」

西川がいぶかしげに返答した。

隅田村は大川と荒川とが交わる、江戸の外れの村である。定町廻の持ち場ではなく、木母寺という寺の名前も聞いたことがなかった。

しかも寺は寺社奉行の差配下である。

唐突に寺の名を問われて、西川は答えに戸惑った。

「木母寺は、ここより大川伝いに、北に三里半（約十四キロ）離れた先だと聞いておる」

筆頭与力も木母寺を知らない様子だった。

「本日四ツ半（午前十一時）より、木母寺前から寺島村《てらじまむら》上がり場までの大川堤沿いに、桜百本を植えるとのことだ」

木母寺は天台宗の古寺で、梅柳山《ばいりゅうざん》の山号が冠せられている。土地では名刹《めいさつ》として知られていたが、江戸の真ん中までは名が通っていない。

西川たち三人には、筆頭与力の話の行き先が分からず、あいまいにうなずきながら聞いていた。

「ついてはそのほうら三人は、これより隅田村に出張って参れ」

「うけたまわりました」

筆頭与力の指図に、同心が異をはさむことはできない。三人は神妙にうなずいた。

「さほどに人出があるとも思えぬが、奉行より直々《じきじき》の仰《おお》せである。万事遺漏《いろう》なきよう、しかと務めて参れ」

西川たちへの指図は、植樹の見廻りだった。定町廻がわざわざ出張るような役目ではないが、断わることもできない。

隅田村までは、与力が口にした通り、八丁堀から三里半の道のりがあった。足を急がせたとしても、片道一刻（二時間）はかかる。

植樹は四ツ半からだと筆頭与力は口にした。

ときはすでに、五ツ半（午前九時）に近い見当である。見廻り役が遅参したとなれば、方々から文句をつけられかねない。

同心三人は、番小屋に顔を出すこともできぬまま、隅田村へと直行した。

木母寺から寺島村にかけての土手は、土がことのほか固かった。しかも植樹にたずさわったのは村の肝煎と木母寺の僧侶だけで、若い者がひとりもいなかった。人出といっても村の住人だけで、見物客は皆無である。西川は何度も大きな舌打ちを繰り返した。

村の連中も木母寺の坊主も、一本植えては煙草を吹かしたり茶を飲んだりで、一向に植樹がはかどらない。

陽が荒川の向こうに傾き始めても、まだ三十本近くが残っていた。

「明日に持ち越しとなれば、おれたちはここに泊る羽目になるぞ」

大田と藤沢が顔を見合わせた。

「やむを得ぬわ。わしらが手を貸そう」

西川の指図に、若いふたりがうなずいた。

定町廻同心は、着流しに羽織姿である。

羽織を脱いだ三人は、長着のすそをまくり上げ、尻からげ姿で植樹を手伝った。

「お役人にしとくのは惜しいがね」

土を掘り返す三人を見て、村の肝煎連中が感心した。

「勝手なことをほざきおって……」

鍬《くわ》を振り下ろしながら大田が毒づいたが、それでも手は休めなかった。

日暮れ近くになって、寺島村の植木職人五人が手伝いに入った。西川たちも鍬から手を離さなかったことで、日没に合わせたように百本すべてを植えることができた。

三人が八丁堀に帰りついたのは、町木戸が閉まる四ツ（午後十時）近くだった。足を急がせたくても、慣れない力仕事で身体が応じなかったからである。

二十一日も、番小屋の獲物調べはできずに終わった。

二十二日の今朝、前日の首尾を伝えるために、三人は筆頭与力と差し向かいになった。

「三人とも日焼けがきついの」

終日奉行所から動かない与力は、白粉《おしろい》を叩《はた》いたように顔色が白い。日焼けした三人を見る目に、ぬくもりはなかった。

「植樹を手伝わざるを得ない次第となりましたゆえ……」

西川が背筋を伸ばした。昨日の疲れが残っていたらしく、背骨が音を立てた。

与力の目が険《けわ》しくなった。

「そのほうらは、植樹を手伝ったのか」

「左様にございます」

「だれがそのような指図をしたのか」

与力の白い顔に血が上り、頬のあたりが赤く染まった。

「北町奉行所同心の身分をわきまえず、村人に混じって鍬を振るうとは……奉行所をなんと心得ておるか」

朝から虫の居所がわるかったらしく、筆頭与力は四半刻《しはんとき》にわたって三人を叱責した。

与力の前から辞去できたのは、四ツの鐘が鳴り終わったあとである。

植樹から一夜明けて、西川はもとより、若い大田も藤沢も、身体の随所に痛みを覚えていた。鍬を振り下ろし続けたことで、肩の痛みがとりわけひどい。

それに加えて、朝から手ひどく叱責された。

獲物調べに向かう三人は、口を開くのも億劫《おっくう》そうだった。

が、番小屋に入ると顔つきが明るくなった。土間に積み重ねられた木箱が、宝の山に見えたからだろう。

障子戸越しの陽が、木箱と、そのわきに重ね置かれた焼き物などを照らし出している。

番小屋に詰めている若い渡世人は西川の指図を守り、掘り出した品を仕分けただけで、木箱には指一本触れていなかった。

土にまみれた木箱は七個あった。

いずれも松板を用いた箱で、長く土中に埋められていても傷みはなかった。

「わしと大田とで木箱を開く。おまえは焼き物のなかに、なにかが詰められていないかを確かめろ」

商人が金銀を仕舞うのに、木箱は使わねえ。せいぜい大きくても、素焼きの瓶がいいところだ……。

縁起でもないと思いつつも、西川は恒吉が口にした言葉を忘れてはいなかった。

「承知しました」

答えた藤沢は、すぐさま焼き物やガラクタの中にしまいこまれた物がないかを確かめ始めた。

「この重さは……昨日の今日では、いささかこたえる」

大田とともに木箱を持ち上げようとした西川が、顔をゆがめて箱から手を放した。

「おい……おまえが運んでくれ」

西川が若い者を呼び寄せた。

なにもせず、ただ不寝番を続けてきた若い渡世人は、身体がなまっていたのだろう。西川の指図に喜び顔で従った。

七個の木箱が土間に並べられた。

外からの強い日差しが、箱の上部を照らしている。箱は七個とも、しっかり釘《くぎ》が打ち付けられていた。

使われている松板はどの箱も分厚く、二寸（約六センチ）はありそうだった。板の分厚さが、中身に望みを抱かせた。

「くぎ抜きはどこだ」

西川は渡世人に問いかけたが、焼き物調べをしていた藤沢が手にさげて寄ってきた。

「焼き物には、なにもありません」

「そうか……」

西川はもとより焼き物には望みを持ってはいなかったようだ。藤沢の返答を、あっさりと聞き流した。

くぎ抜きを手にした西川が、最初の箱の上部に差し込んだ。

大田、藤沢、渡世人の目が西川の手元に集まった。

ギイイ、ギイイ。

分厚い松板にしっかり打ち込まれた釘は、きしみ音を立てて抜かれまいと逆らった。

西川は身体の痛みも忘れているらしく、力まかせに松板をこじあけようとした。が、打ち込まれた釘のほうが強く、二寸の板が釘のあたまからすっぽ抜けた。

板が外れて、箱の中身に陽が当たった。

箱一杯に文銭が詰まっていた。

緑青《ろくしょう》を吹いた寛永通宝《かんえいつうほう》一文銭が、五月の陽を浴びて鈍く光った。

箱の大きさから見当をつければ、詰まっている銭はざっと一万枚である。が、銭を見て西川がくぎ抜きを取り落とした。

享保二年のいま、銭は五貫文で一両が相場である。一万枚として、金二両。

土間の男四人から、ため息が漏れた。

残る六個にも金銀は入っていなかった。

五個の箱には銭が詰まっていた。

もっとも重たかった箱からは、土が出てきた。腹立ちまぎれに、外した板を西川が土間に叩きつけた。

板が土間で跳《は》ね返り、かぶさっていた泥が落ちた。

「飯能《はんのう》土、盆栽のみに用いるべし」

西川をあざわらうかのように、板に書かれた文字が見えた。

「尾張町の大店だと大言しておる連中の、内証はこんなものか」

西川のつぶやきに、応じる者はいなかった。

三

永代橋西詰から箱崎町へは、霊巌島新堀の北側を歩くのが近道である。晋平もその道を選んだ。

陽は勢いをつけて、空の真ん中をめがけて昇っていた。日差しをさえぎるものがない、堀沿いの道である。堀から吹き上がってくる風が心地よかったが、風には強い湿り気が含まれていた。

あやめの恒吉の宿は、新堀が中洲に向けて枝分かれしている根元の、崩橋《くずればし》たもとである。晋平はその宿は知らなかったが、崩橋は何度も渡ったことがあった。

左手前方に湊橋《みなとばし》が見えてきた。この橋のすぐ先が崩橋である。

箱崎町の町木戸が構えられていた。これからきつい談判をする相手の宿が近くなり、晋平の息遣《いきづか》いがわずかに早くなった。

町木戸がすぐ先に迫ってきた。

箱崎町は古い町である。

夏の日照りや秋の長雨、冬の木枯らしをくぐり抜けてきた木戸の格子は、木が黒ずんで見えた。その格子が、五月の強い陽を浴びている。

町の古さと風格とが、木戸の格子にあらわれていた。

湊橋のたもとに植えられた数本の柳が、風にまかせて緑の枝を流している。

柳を見ながら歩いていた晋平の足が、ふっと止まった。

柳の根元で、三匹の犬がいがみあっていた。

いずれも子犬に近いが、毛の色も顔つきも鼻の黒さも、それぞれ異なっている。

犬は別々の親から生まれた野良犬のようだった。

晋平は飼い犬こそいないが、昔から犬好きである。足を止めて三匹の様子を見始めた。

犬は、二匹と一匹に分かれて睨《にら》み合っていた。二匹に立ち向かう形の一匹は、鼻の周りが真っ黒である。耳がまだ垂れているのは、生まれてさほどの月日が経っていないからだろう。しかし子犬ながらに四肢《しし》はしっかりしており、くるっと巻いた尾も形がよかった。

三匹は喧嘩のさなかだった。

鼻黒の一匹に向かって、残る二匹が吼《ほ》え立てた。どの犬も小さいが、吼え方は一人前である。二匹は、鼻黒を脅《おど》そうとして吼えていた。

どれほど吼え立てられても、鼻黒は吼え返さない。その代わりに丸い真っ黒な目で、二匹を交互に睨みつけていた。

鼻の両側に浮かんでいるしわが、いつでも飛びかかれるぞと二匹に伝えている。

尻尾は垂れておらず、くるっと巻いたままだ。

相手から凄《すご》まれても、鼻黒は負けていない。それどころか、自分からじりっ、じりっと相手に迫っていた。

二匹の吼え方が、うなり声に変わった。

うなりつつ、後ずさりを始めている。

機が満ちたと考えたのか、鼻黒が正面の一匹に飛びかかった。相手を攻めようとしたわけではなく、脅しのひと飛びのようだった。

しかしすでに勝負に負けている二匹は、くるっと向きを変えて全力で逃げた。

一部始終を見ていた晋平は、感心してその場にしゃがんだ。右手を差し出すと、口笛を吹いて鼻黒を呼んだ。

犬は晋平を見ようともしなかった。つい今し方の遣《や》り合いで、気が立っていたのかもしれない。

晋平は口笛を吹き続けた。

犬が面倒くさそうに晋平を見た。

犬と晋平とが目を合わせた。

犬は晋平から目を外さなくなった。晋平も犬を見詰めたままだが、口笛はやめていたし、差し出していた右手も引っ込めていた。

犬と晋平とは、四半町（約二十五メートル）も隔たってはいない。

晋平が先に立ち上がり、犬に向かって歩き出した。犬も晋平に寄ってきた。足元まで犬が近づいたところで晋平はしゃがみ、右手を差し出した。

犬が小さな舌で、晋平の手を舐《な》めた。

「おめえ、腹が減ってるだろう」

話しかけられた犬が、クゥンと鳴いて返事をした。さきほど激しい遣り合いをやった犬とも思えない、子犬の甘えた鳴き声だった。

晋平は箱崎町の木戸番小屋に向かった。

冬場の番小屋は、番太郎（木戸番）が焼き芋《いも》を売っているのが通り相場だ。季節はすでに梅雨の手前ゆえ、芋があるかどうかは分からない。

しかし番小屋では、長屋のこども相手に駄菓子《だがし》も売っている。犬の口に入れる物を求めて、晋平は番太郎に声をかけた。

「あるよ。うちは芋を切らしたことはねえ」

晋平は小さな芋を二本買い、真ん中で割って食べさせた。犬はよほどに飢えていたようだ。水も飲まずに、喉《のど》に詰まらせることもなく、二本をぺろりと平らげた。

「おめえが一歩もひかねえ形を見て、おれもいっぺん肚《はら》をくったぜ」

芋を食べ終わった犬の喉を、晋平がやさしく撫《な》でた。犬は晋平にすっかり気を許したらしく、自分から転がって腹を上向きにした。撫でると、気持ちよさそうに四肢を震わせた。

「このさきに用を抱えているんだが、ついてくるならきてもいいぜ」

晋平の言うことが呑みこめたようだ。

崩橋へと向かう晋平の足元から離れず、犬が連れ立って歩き始めた。

四

恒吉の宿は崩橋のたもとに建っていた。

宿の裏手は堀で、小さな船着場が構えられている。舟で遊びにくる客への便宜だろう。

晋平は周囲をひと通り見廻ってから、玄関に立った。犬は晋平から離れなかった。

宿は高さ一丈（約三メートル）はありそうな杉板塀で囲まれている。玄関は格別に気張った拵《こしら》えではなく、格子戸造りの、ありきたりな仕舞屋《しもたや》風だった。

見かけは変哲もない造りだが、宿の玄関に立つと、堅気衆の宿とは違うことがすぐに分かった。

声を投げ入れる前に格子戸が先に開き、半纏《はんてん》姿の若い者が晋平の前に立ちふさがった。なかから様子を見ていたような応対だった。

「ご用でやしょうか」

男が低い声で晋平に問いかけた。半纏の下は、素肌にさらし巻きである。見るからに渡世人の風体《ふうてい》をしていた。

「深川の伊豆晋と申します」

晋平は着ている半纏の前を合わせた。右の足元には、前足を立てて鼻黒が座っていた。

「蔵の壊しが稼業ですが、尾張町の一件で親分と話をさせてもらいたくてやってきました。ご面倒ですが、ご都合のほどをうかがってはいただけませんか」

晋平はていねいな堅気の口をきいた。

徳俵の伊兵衛から、中途半端な物言いをしないようにと、釘をさされていたからだ。

若い者は取り次ぎに引っ込んだ。奥に入る前に、格子戸を閉じるのを忘れなかった。

宿の周りの道は、竹ぼうきでの掃除が行き届いている。いま奥に引っ込んだ若い者は、月代《さかやき》は青々としていたし、半纏も身体に巻いたさらしも、洗いたてでこざっぱりとしていた。

そして奥に引っ込むまえには、きちんと格子戸を閉じ合わせた。

若い者の振舞いを見て、晋平はもう一度、しっかりと下腹に力を込めた。

晋平の気配を察したらしく、足元の鼻黒が前足に力をこめて、尾で地べたをなでた。

晋平の用向きを取り次ぎに引っ込んだ若い者は、別の男を連れて戻ってきた。

「賭場を預かる暁朗《あけろう》だ」

出てきたのは代貸だった。

背丈は五尺七寸（約百七十三センチ）はありそうな、痩《や》せ気味の男である。顔は渡世人にはめずらしく日焼けしており、しかも月代のない総髪《そうがみ》だ。

渡世人というよりは、腕に覚えのある剣客のような風貌だった。

「親分に用があると聞いたが、あいにくこれから出かけるところだ。あんたの用向きは、おれに聞かせてくれ」

話す代貸には、寸分の隙《すき》も感じられない。鼻黒が尾を巻いていた。

「大事な用なんで、なんとか取り次いでもらえませんか」

「親分も大事な用で出かけられるんだ。あんたには、代貸のおれでは不足か？」

言っていることはきついが、暁朗の口調に嫌味なところはなかった。

貸元が日の高いうちから出かける、大事な用とはなんだ……。

代貸に見詰められながら、晋平は思案をめぐらせた。

ふいにひとつ、思い当たった。

「利口ぶった口をきくつもりはありませんが、親分が出向かれるのは、八丁堀の自身番小屋ではありませんか？」

暁朗は返事をしないまま、目の光を強くした。気配が変わって、足元の鼻黒が晋平に身体を寄せた。

「おれの用は、定町廻同心が尾張町から掘り出した一件にかかわることです」

「うちは貸元だ。そんな話でここにくるのはお門違いだろう」

暁朗が背筋を伸ばすと、晋平を見下ろす形になった。

「代貸には先刻承知のことでしょう」

晋平も負けずに胸を張った。

「なんとか親分に、都合をうかがってもらえませんか」

代貸を乗り越えないことには、談判は始まらない。晋平は下腹に力を込めて踏みとどまった。

「おれを御用聞きの小僧にしようてえのか」

顔つきは変わっていないが、代貸の物言いが凄味を帯びていた。

その様子を見て、晋平は気づいた。

代貸はおのれが話を聞くことに、恒吉の承諾を得ているはずだ。それなのに、この男を飛び越えて恒吉と掛け合いたいと言い張るのは、代貸の面子を潰すことになる……。

「気が高ぶっていて、代貸には無礼な口をききました。勘弁してください」

晋平が気持ちをこめてあたまを下げた。

「ごめんどうですが、おれの話を聞いてもらえますか？」

「いいとも」

暁朗の返事はすっきりしていた。

「そこに履物《はきもの》を脱いで、上がりなせえ」

代貸は晋平を待たずに奥に入って行った。

晋平は股引《ももひき》に雪駄《せった》履きで、伊豆晋の半纏を着ていた。履物はすぐに脱ぐことができる。

「おれはこれから大事な用がある」

玄関先でしゃがんだ晋平は、鼻黒に目を合わせて話しかけた。

「おれが戻ってくるまで、ここを動くんじゃねえよ」

晋平は玄関わきの塀の前を指差した。

鼻黒は指し示された場所に移り、前足を立てて座った。

犬のあたまをひとつ撫でてから、晋平は履物を脱いだ。鹿革《しかがわ》の鼻緒がすげられた、晋平お気に入りの雪駄である。

「履物はそのままにして、どうぞ上がってくだせえ」

最初に晋平の話を取り次いだ若い者が、奥への案内に立った。

磨き上げられた廊下が、庭越しの日を浴びて照り返っている。板は桜が使われていた。

廊下を歩くひとの脂《あぶら》を吸い込んだ桜板は、渋い艶《つや》を放っている。檜《ひのき》ではなく、固い桜を用いるところに、恒吉の性格があらわれているようだった。

廊下の左手は広い庭になっている。植わっているのは松だけで、あとは築山《つきやま》である。

陽をさえぎる植木が少なく、外の光は廊下に溢《あふ》れていた。

晋平がときおり出入りする徳俵の伊兵衛の宿は、外の光がほとんど差し込まない造りだった。

賭場は陽光を嫌うものだと、晋平は思い込んでいた。

恒吉の宿は、賭場というよりは、大店のあるじの住まいのような造りである。庭は広々としているし、築山の手入れも行き届いている。そして若い者のしつけもできている。

代貸の前に案内されながら、晋平は恒吉という男のありかたを、あたまのなかに思い描いた。

「固い男」という答えが浮かんできた。

どう考えても、天野屋利兵衛を騙って、尾張町から物を掘り出すような、さもしい男の像が結べない。

恒吉が使っている代貸もそうだ、と晋平は思った。

晋平が代貸を飛び越えようとしたときは、目つきと物言いとに凄味がうかがえた。しかし、筋を通す限りは、話し合いができそうな男に見えた。

この宿をおとずれるまで、晋平は恒吉のことをあれこれ思い巡らせてきた。

余計な思い込みは禁物だ……。

あたまのなかを真っ白にして、晋平は暁朗の前に案内された。

若い者が晋平を連れて入ったのは、畳から藺草《いぐさ》の香りが立っている八畳間だった。

晩朗はすでに座って待っていた。

晋平が向かい側に座ると、すかさず座布団が運ばれてきた。

「当てなせえ」

代貸に勧められて晋平は座布団を敷いた。

続いて茶が運ばれてきた。分厚い素焼きの湯呑みで、茶は焙《ほう》じ茶である。日差しのなかを歩いて喉に渇きを覚えていた晋平は、出された茶に口をつけた。

熱々の茶だが、美味《うま》い。

湯の沸かし加減と茶の葉とが、見事に溶け合った美味さだった。

立て続けにふた口すすって湯呑みを戻すと、代貸が口を開いた。

「あんたは玄関先で親分の行き先を口にしたが、それはどういうわけだ？」

代貸は余計な前置きを言わず、まっすぐ話の芯に突っ込んできた。

晋平も答えをはぐらかさず、尾張町の掘り出しの一件は、定町廻が企《たく》んだ騙りだと思うと、おのれの判断を伝えた。

「それとうちとが、なぜつながるんだ」

「掘り出し人夫の人相は、どう見ても渡世人のようにしか見えませんでした。それでうちの差配連中に調べさせたところ、人夫はこちらの仕込みだと分かりましたから」

「あの人夫は……」

暁朗も茶に口をつけた。

「やはり堅気の人夫にはめえなかったか」

代貸が初めて笑った。

いたずらがばれたこどものような、きまりわるそうな照れ笑いだった。

代貸に釣り込まれて晋平も目元をゆるめた。

「それであんたは、掘り出した品を取り返してくれと尾張町の旦那衆に頼まれて、掛け合いにきたわけだな」

「いいや、そうではありません」

晋平は即座に首を振った。

「おれは尾張町の焼け跡を、町の肝煎さんたちから預けられました。その大事な仕事場を、騙りで踏み荒らされたまま放っておいては、任されたおれの面子が立ちません」

代貸を見る目に力を込めた。

見詰められた代貸は意外にも、おだやかな顔で晋平の目を受け止めていた。

「それゆえに来たまでで、尾張町の旦那衆にはひとことも騙りのことは話していません」

「面子を守りたくて、ひとりで出向いてきたというわけか」

「面子のほかに、もうひとつあります」

「それも聞かせてくれ」

代貸は晋平の話に引き込まれていた。

「天野屋利兵衛を騙りに使ったのが許せなくて……それに文句を言いたかったからです」

聞いた代貸の目が見開かれた。

「晋平さんは、天野屋利兵衛が好きかい」

暁朗が、晋平さんと名前で呼びかけた。

「もちろん好きです。好きというよりも、憬《あこが》れています」

「それはなによりだ」

代貸がまた茶に口をつけた。気をゆるめて、しっかり味わうような呑み方に変わっていた。

「うちの親分も、天野屋利兵衛がたいそう好きだ」

手にしていた湯呑みを膝元《ひざもと》に戻してから、暁朗は晋平を正面から見た。

「晋平さんの話の次第は、おれなりにしっかり呑み込んだ」

「ありがとうございます」

晋平は心底からの礼を口にした。

「聞いた話を親分につないでくる。このまま待ってなせえ」

代貸が立ち上がろうとしたとき、部屋のふすまが開かれた。

「呼びにくることはねえ。わるいとは思ったが、ふすまの向こうで、話はしっかり聞かせてもらった」

あやめの恒吉が部屋に入ってきた。

五

「あんたの言い分は呑み込んだ」

恒吉は、代貸の部屋で晋平と向かい合っていた。

「仕事場を踏み荒らされたとなれば、荒らした相手の元に乗り込んで当然だ。あんたが押しかけてきたことにも、文句はない」

外出の身支度《みじたく》を済ませていたらしく、恒吉は紋なしの黒羽織を着ている。差し込む光の加減で生地《きじ》が照り返る上物の羽織だった。

「そうは言っても、今度のことではおれもカネを遣《つか》った。騙りを見抜いたあんたの知恵は買うが、掘り出した物を返すには、それなりの見返りがいる」

「言われることが、うまく呑みこめません」

問い返す晋平は、言葉を飾らなかった。

「これを思いついた同心三人には、大きな貸しがある。それを返す手立てで、連中が企んだことだ。そしておれも話に乗った」

恒吉は初対面の晋平相手に、騙りのわけを話している。それだけ晋平を男として買っているからだろう。

晋平にもそれが分かっている。

恒吉が話し終わるまで、余計な口ははさまずにおこうと決めていた。

「あんたも察しているらしいが、これから八丁堀の自身番小屋に出かける。一緒にきてくれ」

「ぜひそうさせてください」

「おれの見たところ、大したものは掘り出せてはいなかった」

「ですが親分、あのとき運び出した品は、大八車に山積みだったはずです」

「荷物のかさはたいそうだったが、大方はガラクタだろう」

恒吉は、掘り出した品にはまるで望みを抱いていなさそうだった。

「いまごろは、中身の調べもついているだろう。おれは同心からカネが返ると得心できれば、掘り出した品をどうしようが知ったことじゃない」

恒吉の目つきが鋭くなった。代貸の暁朗が座りなおしたほどに、強い光を帯びていた。

「仕事場を荒らされたあんたが乗り込んできたように、このたびの騙りは貸し金を取り立てるための、おれの仕事だ」

「…………」

晋平は見据《みす》えられても、目を逸《そ》らすことはしなかった。恒吉がふっと息を抜いた。

「騙りを見抜いたあんたは、いってみれば、おれの仕事場に土足で踏み込んできたのも同然だ。あんたにも言い分はあるだろうが、おれにもある。同心連中からゼニを返す算段を聞き出すまでは、掘り出した品を易々《やすやす》と返すわけにはいかねえ」

これだけ言ってから恒吉が立ち上がった。

晋平もあとに続いた。

玄関先に出ると、動かずに待っていた犬が晋平の足元に寄ってきた。

「犬を連れてきたのか」

恒吉がいぶかしげに問いかけた。

「そうじゃありません。湊橋のたもとで拾った犬です」

「拾ったとは……飼う気かね」

「いまはその気です」

「そうか」

恒吉が歩き出した。

御守役の若い者ふたりが、恒吉の後ろを固めた。晋平がそのあとに続き、犬が晋平に従った。

「犬はいいぞ。恩をわきまえている」

歩きながら、ひとりごとのように恒吉がつぶやいた。

小声だったが、晋平にも聞こえた。

六

恒吉が番小屋に顔を出したとき。

西川たち同心三人は、くたびれ果てたような顔で上がり框《がまち》に腰をおろしていた。

不寝番の若い者はすぐさま恒吉に駆け寄ったが、西川は立ち上がろうともしなかった。

土間には木箱が七個、ふたを開いたままで並んでいた。

恒吉は箱に一瞥《いちべつ》を投げただけで、次第を察したようだ。

「どうやら無駄骨に終わったらしいな、西川さん」

「見ての通りだ」

立ち上がった西川は、両手をあげて背伸びしながら恒吉に近寄った。

「あんたが見立てた通り、箱には銅銭しか詰まっておらん」

言いながら、箱から寛永通宝をひと摑《つか》み取り上げた。

「六箱合わせても、十両にもならんわ」

「箱は七つあったはずですぜ」

「その通りだ、七箱だ。残るひとつには、こともあろうに土が詰められておった。あんたの目で確かめてくれ」

西川が箱を指し示した。

土の詰まった木箱は、一番奥に置かれている。

恒吉が土をすくって手触りを確かめた。

「この土が、もっとも値打ち物ですぜ」

「なんだと？」

西川が箱のそばに寄ってきた。

「どういうことだ」

「これは飯能の土でね。盆栽好きの連中なら、先を争って買うでしょうよ。もっとも、これだけ売りさばいたとしても、二両にもなれば御の字でしょうがね」

二両と言われて、西川がまた框に座り込んだ。そのわきに恒吉が座った。

「西川さんの話に乗ると決めたのは、あたしだ。人夫代だの車代だのを払えという気はさらさらないが、これじゃあ貸し金は返してもらえそうにない」

「その通りだわな」

西川の答え方には力がなかった。

「隅に積み重ねてある焼き物の中に、金銀はへえっていませんでしたかね」

「ない。三度も調べたが、小粒ひとつ入ってはおらん」

「だとしたら西川さん、この先はどうされますんで？」

恒吉の声は、真冬の木枯らしのように冷たい調子だった。

「どうするとは……わしらが借りたカネのことか？」

「もちろんそれもありやすが、この木箱やガラクタの始末はどう算段する気ですかね」

「こんなものは、取りにこさせればよい」

端に座った藤沢が、吐き捨てるように答えた。恒吉が藤沢に目を移した。

「ことは簡単にはいきませんぜ」

恒吉が不寝番に目配せした。

若い者は、晋平を連れて戻ってきた。

「なんだ、そのほうは」

立ち上がった大田が晋平に詰め寄った。

「その顔には見覚えがある」

続いて立った藤沢が、晋平に右手の人差し指を突きつけた。

「尾張町にいた壊し屋の首領であろうが」

定町廻はひとの顔を覚えるのが得手である。晋平が同心たちにあたまを下げた。

「西川さんたちの企みは、この伊豆晋さんにすっかり見抜かれておりやすぜ」

同心三人の顔色が変わった。

「そんなに気色《けしき》ばむこともねえでしょう。このひとは、ことを穏便に片づけるための掛け合いにきただけだ。そうだな、伊豆晋さん」

「その通りです」

晋平が口を開くと西川までが立ち上がり、同心三人が晋平を取り囲んだ。

「そのほうの存念を聞かせろ」

西川が晋平に先を促した。

「掘り出した品々を、元の持ち主に返していただければ文句はありません」

「それだけか?」

「それだけですが、恒吉親分が得心されたらということです」

「得心とはなんのことだ」

「西川様たちが親分から借りている、カネの返し方です」

「そんなことは、貴様にはかかわりがないことだろう」

藤沢が話に割り込んできた。

「おっしゃる通り、あたしにはかかわりがありませんが、恒吉親分が首を縦に振らない限り、ここから運び出すことはできません」

「なんだ、そのほうの物言いは。たかが壊し屋が、定町廻同心に指図しようというのか」

晋平とひたいをくっつけるほどに、藤沢が詰め寄った。

「待ちなせえ、藤沢さん。伊豆晋さんの言ってることは、あたしがそう言ってるんでさ」

息巻く藤沢を恒吉が抑えた。

「掘り出した品物をさばいて、カネにしようという目論見《もくろみ》が崩れたいまは、騙りを続けても仕方がない。ここの品物は、一切合財《いっさいがっさい》、尾張町に返してもらいやすがね……いつ幾日までにカネを返すという確かなことを聞かない限り、番小屋から品物を運び出すことはさせやせんぜ」

番小屋にいつまでも木箱やガラクタを置いておくわけにはいかない。追い出した小屋番と目明しも、明日には呼び戻さなければならない。

目明したちが戻ってきたとき、品物が置きっぱなしでは辻褄《つじつま》を合わせるのが難儀だ。今日中に運び出さない限り、困るのは西川たちである。

しかし貸し金の返し方を納得しなければ、恒吉は配下の者に指図して、番小屋から運び出すのを阻《はば》むという。

いつまでも掘り出した物が返されなければ、やがて尾張町の旦那衆も騒ぎ出すに決まっている。

運び出しの邪魔をするという恒吉には、定町廻同心だという脅しも通じない。

西川たち三人には、騙りで掘り出した品々が、いまは大きな足かせとなっていた。

「この月のうちには、かならず返済の算段をまとめる。それでよいな」

西川が折れた。

「あやめさんも名を連ねた約定にしてもらいやすぜ」

それも西川が呑んだことで、恒吉が得心して片がついた。

「送り返す費《つい》えはおれが持つから、人手はあんたのほうで算段してくれ」

恒吉の申し出を晋平は受け入れた。

「目録と突き合わせてうちの者に運ばせますが、焼き物を見させてもらってもいいですか」

「好きにしてくれ」

指図の主《ぬし》が同心から恒吉に変わっていた。

焼き物を見たいと言ったのは、晋平が道具好きだからである。さりとて商家の敷地に雑に埋められていた品には、大した物はないと思っている。

が、見ずにはいられなかった。

おざなりに焼き物を見ていた晋平が、壺のようなものに触って手が止まった。

壺は泥にまみれていた。それを晋平が指ではじいたら、カンカンと固い音がした。

泥を手で取り除くと、見たこともないような模様があらわれた。

晋平の顔色が変わった。

「水はどこにありますか」

問われた藤沢が、晋平を流しに連れて行った。戻ってきたときには、壺がきれいになっていた。

晋平の顔が上気している。

「あまり見かけない模様だが、なんという焼き物かね」

「焼き物ではありません」

晋平は壺を恒吉に手渡した。

「銅でできた七宝《しっぽう》の壺です」

「なんのことだ、七宝とは」

またもや藤沢が晋平に詰め寄った。

「唐土《もろこし》から伝わってきた焼き物で、たいそうな値打ちがあります。この壺はなで肩と呼ばれる形の物ですが、市に出せば三百両は下らない値がつくはずです」

「三百両だとう……」

武家とも思えないような声を発した藤沢が、恒吉から壺を引ったくりあげた。

「これがまことに三百両か」

「定かにはいえませんが、それに近い値はつくでしょう」

「ならば、これを売りさばけば、そのほうへの借財が片づくだろうが」

藤沢が恒吉にあごを突き出した。が、恒吉は首を振って断わった。

「騙りがばれたいまとなっては、元の持ち主に返すしかねえでしょう。あきらめなせえ」

「なにをいうか。断じてそんなことは聞き入れんぞ。そうでしょう、西川さん」

西川は返事をせずに、七宝の壺に見入っていた。が、なにかに思い当たったらしく、目つきが変わった。

「思い出したぞ」

西川が晋平と向き合った。

「この壺が、値打ち物であるというのはまことだな」

「間違いありません」

「暫時《ざんじ》待っておれ」

太刀を藤沢に預けた西川が、番小屋を飛び出した。

晋平たちはわけが分からず、てんでに框《かまち》に腰をおろした。七宝の壺は、恒吉が手に持っている。

番小屋の外から鼻黒が晋平の足元に寄ってきた。が、だれもそれに気を払う者はいなかった。

四半刻（三十分）が過ぎたころ、ひたいに汗を浮かせた西川が駆け戻ってきた。手には風呂敷包みをさげている。

もどかしげな手つきで風呂敷をほどくと、恒吉が手にしている物と同じような壺が出てきた。

「これを目利きしてくれ」

手渡された晋平は番小屋の外に出て、陽にかざして目利きした。

「まぎれもなく、七宝の壺です」

晋平がきっぱりと言い切った。

「西川様はどこでこれを？」

いきなり七宝の壺がふたつも出てきたことで、晋平の声が上ずっていた。

「わしの家内が、その昔、客からもらったと申しておった。わしもあれも値打ちを知らぬゆえ、いまのいままで、一輪挿《ざ》しに使っておったわ」

西川の息遣いが上がっていた。

「これでそのほうにも借財が返せるな」

恒吉に笑いかけながらも、西川はまだ荒い息を繰り返していた。

七

「あんなことしか書いてなかったのなら、伊豆晋さんに解き読みを頼むんじゃなかった」

　深川相川町のおこなの宿で、雑賀屋庄右衛門がこぼしていた。

　雑賀屋の母屋敷地から掘り出された宋胡録《すんころく》には、利兵衛と記された一枚の書付が入っていた。

　おりしも北町奉行所同心が、役所の人夫を引き連れて、尾張町の焼け跡を掘り返しにきた日のことである。

「天野屋利兵衛の書付が埋まっておるやも知れぬゆえ、詮議のために掘り返す」

　同心はこう申し渡してから、町全部の掘り返しを始めた。そんなさなかに、利兵衛と書かれた書付が出てきたのだ。

　うろたえた庄右衛門は固く口を閉ざし、書付の解き読みを晋平に頼んだ。

　名前のほかは、庄右衛門には一文字も読めなかったからである。

　読み下したのは、道具屋の国茂である。

「利兵衛という名前のほかは、草書で、右と左を逆に書いてありました」

　これが国茂からの答えだった。

「書かれたのは雑賀屋さんの先々代です。道具屋のあたしが口にするのもはばかられるが、先々代はたちのよくない道具屋に、いいようにあしらわれていたようです」

読み下し文を庄右衛門に手渡す前に、国茂は言いにくそうに断わりを言った。

「あの道具屋はけしからん。気づかぬわたしがおろかだった。わたしの愚行の元を土に埋めて封印する。利兵衛」

これが書付に記された全文である。

利兵衛とは、先々代が稽古ごと全般に用いた号だった。

そのことは、雑賀屋の古参番頭が覚えていた。逆さ文字は先々代が達者だったところに、大店の旦那衆の間ではやった芸事である。

「まことに残念ですが、この宋胡録はまがいものです」

国茂が目利きした宋胡録が、おこなの膝元に置かれていた。

「まがいものでも、形がかわいいから大事に使わせていただきます」

おこなが徳利を差し出した。

「それもそうだなあ」

盃を受ける庄右衛門の声から、さきほどまでの不機嫌さが消えていた。

「おまえとこうしていられるのも、あたしの先祖が道具好きだったからだ。それを忘れていたよ」

「忘れたりしたら、罰《ばち》があたりますよ」

庄右衛門に笑いかけるおこなの後ろに、船簞笥が置かれている。徳利を膳に戻したおこなは、膝元にあった宋胡録を船簞笥に載せた。

宋胡録のなかには、先々代の書付が収められている。

降りやまぬ雨が、大川の川面《かわも》に無数の紋をこしらえていた。

砂糖壺

一

享保《きょうほう》元（一七一六）年七月十二日。

六月二十二日に正徳《しょうとく》から享保へと改元されたあと、初の骨董市《こっとういち》が富岡八幡宮境内に立った。毎月十二日には、御府内の道具屋が境内に集まり、骨董市を催していたからだ。

七月十二日の市は、いわばいつも通りの催しである。しかし参道の石畳に店を開いた道具屋の数は、先月の半分ほどでしかなかった。

道具屋の数が少なければ、市を目当ての客もまた少ない。

「この調子じゃあ、今日は坊主（ひとりも客なし）かもしれない」

ふうっ。

大きなため息をついた道具屋は、キセルに刻み煙草《たばこ》を詰め始めた。

八幡宮本殿の屋根にとまっていた鳩が、道具屋のわきに舞い降りた。煙草を詰める格好を、餌《えさ》をくれると勘違いしたらしい。

周りに降り立った鳩には構わず、道具屋は煙草を詰め続けた。

今年は夏のおとずれがのろい……こんな愚痴《ぐち》が、町のいたるところで交わされていた。

長かった梅雨《つゆ》も六月中旬には明けた。

梅雨の間は、梅雨寒というには寒すぎる朝夕の冷え込みが続き、江戸の町民はうんざりしていた。

六月十七日に、一カ月半ぶりに芯からカラリと晴れた朝を迎えたときは、だれの顔もほころんでいた。

「これでようやく夏も本番だろう」

「地べたを焦《こ》がすようなお天道さまを、今年ほど待ち焦がれたことはない」

梅雨明けを大喜びした。しかし六月二十日になっても、夏日は地べたを焦がす強さにはならなかった。

「こんな調子でお天道さまが頼りないと、今年のお米は大丈夫かねえ」

「洗濯物の乾きがわるいことより、寒い夏が居座ることで、お米が高くなることのほうが心配だよ」

長屋の女房連中は、暑くならない夏が米の凶作につながるのではと案じた。

男たちは別のうわさを小声で交わした。

「将軍様は、どうやらいけないらしい」

「いけないって、どういうことだ」

「まだこどもだからよう。身体にとりつかれた病《やま》いで明日をも知れねえって、周りのお偉いさんたちは顔をひきつらせているそうだ」

どこで幕府の犬が、聞き耳を立てているかも知れない。うわさを交わすなり、職人風体《ふうてい》の男たちは右と左に散った。

病弱なこどもというのは、七代将軍家継《いえつぐ》のことである。

家継は六代将軍家宣《いえのぶ》の三男として生まれた。本来であれば将軍の座は兄ふたりのいずれかが継ぐはずだった。

ところが、ふたりとも夭死《ようし》した。

六代家宣が正徳二年に没したあと、家継はわずか四歳で七代将軍の座に就いた。あまりに幼少であったがために、将軍交替に伴う改元は行なわず、正徳を続けた。

しかし四歳の将軍である。

公儀はきつい箝口令《かんこうれい》を布《し》いたが、こどもが将軍だといううわさは、たちまち御府内の隅々にまで行き渡った。

「今度の将軍様は、まだ四歳だというじゃないか」

「それはそうだが……」

どこの町内にもいる物知り・わけ知りの面々は、したり顔を拵《こしら》えてあごを撫《な》でた。

「まだこどもだからといって、案ずることはない」

「どうして、そう言い切れるんだよ」

若い者が食ってかかると、わけ知り顔の年寄はさらに強くあごを撫でた。

「将軍様の両脇は、間部詮房《まなべあきふさ》さまと、新井白石《あらいはくせき》さまという、ふたりのえらいひとがしっかりと固めている」

そのふたりがいる限りは安心だと、強い調子で言い切った。町のわけ知りにまで、ふたりの高名は通っていた。

間部と新井は、まさしく身を盾《たて》にして幼い家継を補佐した。

家継の父、六代将軍家宣が真っ先に手がけたのは、五代将軍綱吉《つなよし》が行なった天下の愚挙『元禄の御改鋳《ごかいちゅう》』の後始末である。

使いたい放題に浪費を重ねた結果、綱吉が将軍の座にあった元禄時代には、徳川家御金蔵が底を突きそうになった。

綱吉の寵愛《ちょうあい》を一身に集めていた柳沢吉保《やなぎさわよしやす》は、他の幕閣と謀《はか》って『元禄の御改鋳』なる奇策（愚策）を編み出した。

初代家康以来通用の、高品位な慶長《けいちょう》金貨。これを回収し、二枚の慶長小判から三枚の元禄小判を鋳造するという暴挙が、元禄の御改鋳の正体だった。

「さきの元禄御改鋳にあって、御金蔵には四百万両を超える出目《でめ》（差益）が運びこまれたはずです」

新井白石は家宣にこう答申した。

この御改鋳により、金貨の価値は大きく下落。当然ながら、猛烈な諸色《しょしき》（物価）の高騰を引き起こした。

綱吉没後、六代将軍となった家宣は側用人《そばようにん》に間部詮房を取り立てるとともに、新井白石の補佐を受ける体制を構えた。

そして綱吉が発布した、これまた天下の悪法とされた『生類憐《しょうるいあわれ》みの令』の廃止を断行した。

同時に勘定所機構の改革も命じて、金貨の品位を元に戻そうと意図した。

しかし、わずか四年で没することになった。残されたのが、まだ四歳だった三男の家継である。

「先代（家宣）様の御遺志を継続して推《お》し進めることこそが、いまもっとも求められる御政道である」

間部と新井は、家宣が手をつけようとした通貨改良などの諸政刷新を推し進めた。

また長崎貿易改革を完成させたし、幕府評定所の公平な運営も図った。

これらは、庶民の暮らしに直接かかわりのあることではない。が、幼い将軍の善政の数々は、すこぶるよろしき評判となって市中に伝わった。

「将軍様のわきについている知恵者ふたりは、大したお方らしいぜ」

四歳の将軍で大丈夫かと危ぶんでいた庶民の声が、次第に賞賛へと変わり始めていた正徳六年。

病弱だった家継はついに病死した。

「今年の夏が寒いのは、幼い将軍様が亡くなったのを天が悼《いた》んでいるのかもしれねえ」

七代将軍の逝去《せいきょ》と冷夏とを、人々は因縁付けをして語った。

江戸の将軍家に跡継ぎがいなくなり、公儀は紀州徳川家から将軍を迎えた。

八代将軍吉宗《よしむね》の名が天下に公布された。

同時に正徳から享保へと改元された。

改元は『改元祝い』という名の宴席が催されるのが常だった。が、吉宗はそれを禁じた。

「諸藩は財政困窮に陥《おちい》り、藩士より禄米を借り上げておる。いまこそ質実剛健を、武家の本分とすべきときだ。華美な宴席は無用」

将軍みずから発した「華美は無用」は、武家の暮らしのみではなく、庶民にも強く求められた。

骨董市が華美というわけではない。が、暮らしに欠かせない催しでもなかった。

参道に店開きをした道具屋が少なく、市が盛り上がっていないのは、将軍の声が下々にまで届いていたからだ……。

四ツ（午前十時）が近いころ、晋平《しんぺい》はおけいと一緒に骨董市に顔を出した。

「なんだ、これは……」

あまりの骨董市の盛り上がりのなさに、晋平は顔をこわばらせた。

「ほんとうに、どうしたのかしら」

つぶやきで応じたおけいのわきに、鳩が舞い降りた。

市にくる直前まで、おけいは台所仕事を続けていた。その名残りの米粒が何粒か、着物の裾《すそ》についていたらしい。

大鳥居の下で立ち止まったとき、米粒がこぼれ落ちたのだ。

クルル、クルル……。

もっとほしいと、鳩が催促した。

永代寺が四ツの鐘を撞《つ》き始めた。

二

晋平が馴染《なじ》みの道具屋は、日本橋芳町《よしちょう》から出張ってくるたがね屋元助《げんすけ》である。

元助が店を出すのは、本殿につながる石段の右側十段目、狛犬《こまいぬ》の前がお決まりの場所だった。

大鳥居下から八幡宮本殿までは、およそ一町（約百九メートル）の石畳の参道が続いている。

いつもの市なら、参道の両側には七十を数える道具屋が店を開いていた。それらの店をのぞき見しながら、お目当ての元助の元に向かうのが、晋平の決まりごとだった。

ところが七月十二日の骨董市は、まるで櫛《くし》の歯が抜けたかのように、まばらな数の道具屋しか出ていなかった。

のぞき見しようにも、店がない。

「今日は先にお参りをすませよう」

おけいに言い置いた晋平は、脇見もせずに石段へと向かった。今日の道具屋の数は少なくても、元助はきっと店を出していると思ったからだ。

空の高いところに昇った天道は、真夏とも思えない柔らかな陽《ひ》を降り注いでいる。足りない暑さに調子が狂ったらしく、一匹のセミも境内で鳴いてはいなかった。

足早に歩くと、晋平が羽織った薄手の半纏《はんてん》がひらひらと開いた。

石段まであと十歩のとこで、晋平の足が止まった。

「どうしたんだろう……」

つぶやいた晋平のわきで、おけいも目元を曇らせた。

石段の狛犬前では、見知らぬ男が店開きをしていたからだ。

「とにかくお参りをしよう」

晋平は狛犬前の道具屋を見ようともせず、石段を登った。

「伊豆晋《いずしん》さん」

狛犬前の、見たこともなかった道具屋が、晋平に呼びかけてきた。

「お参り帰りには、立ち寄ってくださいよ」

親しげに呼びかけてきた男は、来年で還暦を迎える元助より二十は若そうに見えた。

伊豆晋さんと、名指しをされたのだ。知らぬ顔もできず、晋平は道具屋に近寄った。

「初めて顔を見るんだと思いますが、おれのことを知ってるんですか？」

いぶかしげな口調で問いかけた。

「いや、いまが初めてです」

男は床几《しょうぎ》に座ったまま応じた。

「それなら、どうしておれが伊豆晋だと……」

「その半纏です」

晋平の問いの途中で、男は答えた。

暑さが足りないとはいえ、七月中旬である。晋平が羽織っているのは、浅い紺色の薄手の半纏だった。

夏場の半纏は、屋号をはっきりと見せるのが役目のひとつである。背中と襟元《えりもと》には、伊豆晋の屋号が赤い色で染め抜かれていた。

「それに元助さんから、伊豆晋さんはかならず夫婦連れで市にくると聞いていました」

男はおけいに笑いかけた。

得心のいった晋平は、道具屋に伊豆晋の晋平ですと名乗った。

「今月に限って元助さんからこの場所を借り受けました、だるま堂の尚平《しょうへい》です」

尚平は元助と同じ芳町に暮らしていた。

「元助さんは、どうかしたんですか」

「夏風邪をこじらせて、ここ十日ばかり臥《ふ》せっています」

梅雨明けのあとも、夜明けどきには肌寒さを覚えるほどの冷夏である。還暦間近な元助には、時季外れの寒さがこたえたらしい。

「あたしは元助さんの元で、いまも道具屋修業を続けています」

修業を続けているといいながらも、尚平は胸を張って見せた。

「よかったら、お参りの帰りにでも立ち寄ってください」

晋平は相当な道具の目利きだと、元助から聞いている。

ぜひともその確かな目で、ここに並べた道具を吟味《ぎんみ》してほしい……ていねいだが、どこか晋平に挑みかかるような物言いである。

「分かりました」

帰りに立ち寄りますと答えて、晋平は尚平の前を離れた。

「なにかしっくりとこないひとだ」

本殿に向かいながら、晋平は感じたままをおけいに話した。

「あなたの目利きぶりを、なんだか試そうとしているみたい」

おけいは晋平が思っているのと同じことを口にした。

「おれもそのことを感じていた」

おけいを正面から見た晋平は、丹田《たんでん》に力を込めた。

「あちらさんがその気なら、受けてたとうじゃないか」

下腹をポンポンッと叩いてから、晋平は本殿へと向かい始めた。

夏日が急に強さを増したかのようだ。

おけいは玉砂利を踏み鳴らして、晋平のあとを追った。

三

尚平が並べている品は、どの品もあるじ同様に胸を反《そ》り返らせていた。

おれの値打ちが分かるというなら、言い当ててみろ。

皿も壺も茶碗も、いずれも頭《ず》が高い。

並んでいる道具類は、どれも由緒がありそうだ。茶碗の下敷きになっている桐箱には、仰々《ぎょうぎょう》しい箱書き文字が躍っていた。

しかし元助が並べていた品々が漂わせている、しっとりとした潤《うるお》いと品格は、まったく感じられなかった。

どの品も目一杯によそ行きを着ている。しかし晋平のこころには、なにも響いてこなかった。

義理半分の気持ちで道具を眺めていた晋平が、壺の前で立ち止まった。

高さは七寸（約二十一センチ）、ふたを取り除いた口は、差し渡し四寸（直径約十二センチ）ほどの壺である。

上薬《うわぐすり》こそ塗ってはあるが、見た目通りの安物の壺だ。仲町の瀬戸物屋に行けば、新品でも五十文も出せば買えそうな、ありふれた壺にしか見えなかった。

壺を手のひらに載せた晋平は、ひっくり返して底を見た。が、格別に銘《めい》が刻まれているわけでもない。つるんとした、真っ平らな底だった。

元通りの向きに戻すと、今度はふたを取った。壺の口を陽に向けて、なかを覗《のぞ》いた。そのあと、鼻をくっつけて壺のにおいを嗅《か》いだ。

吟味の仕上げは両手で抱え持って、上下に大きく振った。手を滑らせたら、壺を落としてしまうような、乱暴な手つきである。

尚平は文句もつけずに、晋平のなすがままに任せていた。

ひと通りの吟味を終えた晋平は、その場にしゃがみ、ていねいな手つきで壺を足元に置いた。

「この壺は、いかほどで？」

問われた尚平は返事をする前に、ごくんっと喉《のど》を鳴らして唾《つば》を呑み込んだ。

「それがお目にとまるとは、さすがに元助さんが褒《ほ》めただけのことはあります」

さも感心したと言わんばかりに、尚平は大仰《おおぎょう》に驚いてみせた。

「それをお買い上げいただけますので？」

「値段次第ですが、いかほどでしょう？」

尚平の調子には取り合わず、冷めた物言いで晋平は値を問うた。

「元助さんのお得意さんだということを、腹づもりの売値から差し引きしまして

も……」

床几に座り直した尚平は、もう一度、喉を鳴らして唾を呑み込んだ。喉を鳴ら

して生唾を呑み込むのは、大事なことを言う前のくせのようだ。

「一分二朱からは、一文もまけられません」

壺の売値は一分二朱だと告げた。

ゼニに直せば一貫五百文。瀬戸物屋で売っている同じ大きさの壺の、じつに三

十倍の高値である。

値を聞いて、おけいの細い眉の両端が逆立った。

晋平は無言のまま、尚平を見詰めた。

尚平は床几に深く座り直して、晋平の両目を受け止めた。

しばらく見詰め合っていたが、先に晋平が目を外して立ち上がった。両手に壺

を抱え持っていた。

「言い値でもらいましょう」

目配せを受けたおけいは、紙入れから一分金一枚と一朱金二枚を取り出して尚

平に支払った。

受け取った尚平は、三度目の生唾を呑み込んだ。

「ありがとう、だるま堂さん」

晋平は気負いのない口調で、尚平に礼を言った。

「おれには大事な壺です」

軽くあたまを下げた晋平は、ゆっくりとした足取りで石段をおりた。足を滑らせて壺を割ることがないようにと、気遣うような足取りだった。

骨董市は、相変わらず客の姿はまばらである。晋平とおけいが大鳥居をくぐるまで、尚平はふたりの後ろ姿を目で追った。

鳥居をくぐった晋平たちは、西に折れて仲町の辻に向かった。

姿が見えなくなるなり、尚平から吐息が漏れた。

「なんでえ、あの野郎は」

口に出してつぶやいた尚平の口調が、がらりと変わっていた。

晋平が買い求めた壺は、芳町の薬屋が砂糖入れに使っていた、ごくありふれた壺である。

「新しい壺に取り替えるから、これを引き取ってくれないか」

薬屋の手代が小遣い稼ぎに持ち込んできた品を、尚平は二十文の高値で買い取った。先々、薬屋の手代とはいい付き合いを続けたかったからだ。

枯れ木も山の賑《にぎ》わいのつもりで、尚平は砂糖壺を隅に出しておいた。驚いたことに、晋平はその壺に目をつけた。

訳ありそうな顔で中をのぞき、においまで嗅いでから値を訊《き》いた。

尚平はからかい半分の気持ちで、一分二朱というでたらめな高値をつけた。

ご冗談でしょう。

晋平がそう応じたら、いやはや勘違いをしましたと、あたまに手をあてる気でいた。

あろうことか、晋平は言い値で買った。

薬屋が使っていた安物の砂糖壺を、一分二朱の高値で。

「あんな野郎を目利き呼ばわりするとは、元助じいさんも、耄碌《もうろく》したかよ」

口に出してつぶやいた。

尚平の頭めがけて、鳩がフンを垂らして飛び過ぎた。

四

骨董市が立っている今日は、参道の両側に物売りの屋台が並んでいる。

「いつもながら、かしらんところは仲がいいねえ」

晋平とは顔見知りのてきやが、屋台の内側から冷やかし声をかけてきた。

晋平はあいまいな笑みでおうじて通り過ぎた。若い衆の屋台は、水飴《みずあめ》を売っていた。

愛想代わりに買うには、品物が甘すぎたからだ。

仲町の辻が近くなったあたりで、先を歩く晋平をおけいが呼び止めた。

「市の道具屋さんも、けげんな顔を見せていたけど」

おけいは晋平が大事そうに抱え持っている砂糖壺に目を向けた。

「その壺って、晋さんが一分二朱も出すほどの値打ちものなの?」

往来のわきで、おけいはいぶかしげな声で問いかけた。

晋平が得心して買い求めた品に口を挟むことなど、いままで皆無のおけいである。あえて口に出したのは、おけいなりに引っかかりを覚えたからだろう。

「道具の値打ちということなら、これにはまったくない」

晋平はあっさりと値打ちはないと認めた。

「だったら、どうして……」

「おれには大事な壺だ」

いつか、その時期がきたらわけを話すと言っただけで、晋平は口をつぐんだ。

晋平の気性を呑み込んでいるおけいは、それ以上は問うことをしなかった。

「おれは大川端を歩いてくる」

先に帰れと言われたわけではなかった。

しかしおけいは、仲町の辻で晋平と別れた。連れ合いがひとりになりたいと思っているのを察したからだ。

てきやの若い衆が冷やかした通り、晋平とおけいはすこぶる仲が睦《むつ》まじい。仕事がらみでよほどのわけでもない限り、ふたりが別々で過ごすことは希《まれ》だった。

しかしいまの晋平はおけいが察した通り、ひとりになりたがっていた。

「帰ってくるころには、熱々の焙《ほう》じ茶を用意しておきますから」

明るい口調でおけいは告げた。

真夏でも湯気の立つほどに熱い焙じ茶が、晋平の好みである。

笑顔で応じた晋平を、おけいは辻の手前で見送った。

いつの間にか晋平は、持参していた風呂敷で砂糖壺を包んでいた。紫縮緬《ちりめん》の、上物の風呂敷である。

「市にでかけて、この風呂敷に包むだけの道具に出会えたときは、身体がふわふわするほど心地がいいぜ」

常から言っていることだが、紫縮緬の風呂敷は晋平が極上の道具と出会えたときの備えだった。

それを取り出して、値打ちはまったくないと言い切った砂糖壺を包んでいた。

そして、さも大事そうに抱え持っている。

よほどのわけがあるのね。

おけいのつぶやきに、辻の人混みが立てる音がかぶさった。

五

真夏の大川は、四ツ半（午前十一時）過ぎの陽光を浴びて光っていた。

さほどに強くはないが、川面《かわも》を風が渡ってくる。わずかに水面が揺れると、陽の照り返しも合わせて揺らめいた。

ギラギラッ。

まるで音を発しているかのような、強い揺れ方である。

あの日も陽差しが強かった……。

陽を浴びて光る大川の川面。土手にしゃがんで川面を見詰めている晋平は、過ぎた遠い日を思い返していた。

伊豆晋は、晋平が生まれたときからいまの場所である。しかしひとが移り住んできて町が膨らむなかで、宿《しゅく》の周りは大いに様変わりをした。

晋平が七歳だった夏といえば、すでに二十八年も昔のことだ。その当時の伊豆晋の隣に、一軒のまんじゅう屋があった。

屋号は粉雪屋《こなゆきや》。屋号にちなんだ甘味のある白い粉が、薄茶色のまんじゅうにふりかけられていた。

屋号にちなんだと言うなら、もうひとつあった。

粉雪屋はまんじゅう職人を兼ねたあるじの正助《しょうすけ》に、女房のつな、そして当時十七だった娘のおみさの三人で商いを営《いとな》んでいた。

「掃《は》きだめに鶴てえと、とっつあんにわるいがよう」

「まったくしかし、そう言いたくなるぜ」

娘のおみさは、町内でも評判の器量よしだった。

おみさの気を惹《ひ》きたいばかりに、甘い物が苦手の伊豆晋の鳶《とび》たちは、日替わりで粉雪まんじゅうを買い求めた。

おかげでまだ七歳だった晋平は、うんざりするほど毎日、まんじゅうが食べられた。

「晋ちゃんところの若い衆って、だれもみんな素敵よね」

おみさが口にしたことを、晋平は考えもなしに若い鳶に聞かせた。

「おみさちゃんは、だれかに気を惹かれているようだったかい？」

詳しいことが知りたい鳶たちは、入れ替わり立ち替わりに、晋平に粉雪まんじゅうを貢いだ。

「もう、まんじゅうは勘弁して」

晋平が音《ね》を上げると、若い鳶は目つきを険しくした。

「かしらのせがれだからといって、生意気いうと勘弁しねえ」

晋平が食べないことには、粉雪まんじゅうを買っても無駄になる。当時の伊豆晋で甘いモノ好きは、晋平ただひとりだった。

母親ですら、あんこの甘さは苦手にしていた。

「おみさねえさんには、おいらがきちんと聞いてくるから、まんじゅうは勘弁して」

若い衆に手を合わせて頼んだ翌日、晋平は粉雪屋をおとずれた。

おみさはいつになく浮き浮きした顔で、暑いなか夏羽織の客をもてなしていた。

「ごめんね、晋ちゃん」

晋平を店の外に連れ出したつなは、おみさの縁談を持ち込んできた大事な客だと告げた。

「店の隅にいるのはいいけど、おみさに話しかけるのはよしにしてちょうだい」

つなが言ったことに、晋平は悲しい思いを抱いた。つまはじきにされた気がしたからだ。

それでも成り行きが気がかりな晋平は、店の隅の縁台に腰をおろした。

おみさが可愛がっている飼い猫のミャオが、晋平の足首に顔をくっつけた。

六

「白金村《しろかねむら》の油問屋のご次男さんが、娘をひとめ目で気に入ってくれましてねえ」

まんじゅうを届けにきたつなは、伊豆晋の土間で立ち話を始めた。

「それはまた、おめでたいお話です」

晋平の母親は、つなを板の間に誘った。鳶職人たちが普請の段取りを話し合う板の間で、厚手の茣蓙《ござ》が敷かれている。

つなはよほどに、持ち込まれた娘の縁談が嬉しかったのだろう。勧められるまま板の間に上がると、座布団もあてずに縁談の仔細《しさい》を話し始めた。

油問屋の屋号は平田屋精六《ひらたやせいろく》商店。江戸の油問屋のなかでも、所帯の大きさは抜きん出ていた。

白金村から品川高輪にかけての町村の武家屋敷・商家・農家・漁師町の多くを得意先とする油問屋だ。

一年の商いは一万両を大きく超えていた。

縁談を持ち込んできた男は、平田屋出入りの桶屋《おけや》のあるじで、与八《よはち》ですと名乗った。

与八は自分が拵《こしら》えたという角樽《つのだる》に、灘酒五升分の切手を納めていた。

「これは平田屋さんからのごあいさつ代わりです」

正助のほうに押し出した角樽には、平田屋精六商店のあらましを書いた刷り物も入っていた。

「油問屋の株仲間一覧から抜き出した刷り物です。とにかく平田屋さんは、油問屋では大店《おおだな》の中の大店です」

もったいぶった口調で、与八は平田屋のあらましを聞かせた。話を聞きながら、正助は刷り物を目で追った。

まさに与八が自慢げに話す通りのことが、刷り物に書かれていた。

まんじゅう屋ながら、正助もつなも文字は読めた。算盤《そろばん》も、ふたりとも得手である。

書かれている年商高の大きなことに、ふたりとも目を見張って驚いた。

「平田屋さんのご次男は、とにかくこちらのお嬢にぞっこんのひとめ惚れでしてねえ」

娘をお嬢呼ばわりされた正助とつなは、きまりわるそうに尻を動かした。平田屋の次男真次郎《しんじろう》は、商い成就《じょうじゅ》の願掛けで富岡八幡宮に参詣《さんけい》した。平田屋出入りの八卦見《はっけみ》に言われての参詣だった。

白金村と富岡八幡宮とは、五里（約二十キロ）近い隔たりがあった。富岡八幡宮が大きいことはうわさには聞いていたが、参詣したのはこの日が初めてだった。

せっかくお参りをしたからということで、真次郎は八幡宮の周辺をあちこち歩いた。

その散策の途中で、粉雪屋の看板を見た。

「真次郎さんは、こちらの屋号に惹かれて店先で足をとめたそうです」

屋号に惹かれた……正助は面映《おもは》ゆげな顔を拵えた。この屋号を思いついた当人だからだ。

「なかをぼんやりのぞいていたら、こちらのお嬢がまことに親切な物言いで、真次郎さんに近寄ってこられましてねえ」

まんじゅうが入り用かと、おみさは問うた。真次郎は物腰のやさしさに驚き、息が詰まりそうになった。

おみさはせっつくことをせず、真次郎がしゃべり始めるのを待った。

「まんじゅうひとつでもいいですか？」

「もちろんです」

ていねいに答えたおみさは、皿代わりに使っている柿の葉に載せて、まんじゅうひとつを差し出した。

「そこに座って召し上がってください」

おみさは店先の縁台を指し示した。が、真次郎は断わった。

「先を急ぎますので、このままいただいて帰ります」

真次郎もていねいな物言いをした。

「そうですか」

おみさは無理強いをせず、真次郎の言い分を受け入れた。

「お気をつけて」

手のひらに柿の葉を載せて、真次郎に差し出した。それを受け取るとき、手と手が触れあった。

「あれから、かれこれひと月が過ぎたそうですが、真次郎さんはこちらのお嬢のことを思うと、三度のメシも喉を通らないとかで」

もしもお嬢に決まった相手がいないのであれば、一度、どこかで両家揃っての宴席を持たせてはいただけないか……。

それができるかどうか、確かめるための使いですと、与八は来訪のわけを明かした。

両親の背後で話に聞き入っていたおみさは、上気して頬《ほお》を朱に染めていた。

柿の葉を敷いたまんじゅうを、手のひらに載せたまま店を離れた真次郎。その男の後ろ姿を、おみさもはっきりと覚えていた。

町内や隣町の若い衆から、おみさは熱い目で見られることもあった。十七歳とは、そういう娘盛りだったのだ。

しかしいかに器量よしとはいえ、おみさはまんじゅう屋の娘だ。商家の息子から、思いを明かされたことは一度もなかった。

真次郎は総領息子ではないが、江戸でも抜きん出た身代を誇る油問屋の次男だ。降って湧いたような縁談にも驚いたが、話の中身の凄さには息が詰まりそうになるほど驚いた。

「なんとか宴席に顔を出すことだけでも、引き受けていただけませんか」

与八は畳に手をついて頼み込んだ。

「そこまで言われて断わるのは、ひとの道に外れるというものだ」

後ろに控えた娘を見て、正助は引き締まった物言いをした。

おみさも父親の言い分に従った。

「さぞかし真次郎さんも喜ばれることでしょう」

与八は何度も何度も礼の言葉を重ねた。

「ほんとうによろしいお話ですね」

晋平の母も、心底、おみさに持ち込まれた縁談を喜んだ。

ところがこれは、まんじゅう屋に狙いをつけたひどい騙《かた》りの幕開けだった。

七

与八と名乗る男が粉雪屋に持ち込んだ縁談話は、一から十まで作り話だった。

そして与八は、金品を騙《だま》し取る一味の頭領格の男だった。

与八の騙り話にまんまと乗せられた粉雪屋一家は、根こそぎむしり取られた。

のみならず、途方もない大金の借金を背負う羽目になった。

騙りが巧妙だったのは、白金村には平田屋という屋号の油問屋が実在していたことだ。

まさしく平田屋は油問屋の大店だった。

二年ごとに日本橋須原屋《すわらや》が刷る『江戸油問屋名寄せ』にも、平田屋は載っていた。

この名寄せは、大名の武鑑《ぶかん》のようなものだ。平田屋の頁には、当主平田屋精六の名も、次男真次郎の名も刷られていた。

与八が用意した宴席に出向く前に、正助たちはこの名寄せを見せられた。

「こんな立派な問屋の次男さんに、娘が見初《みそ》められたとは……」

正助は気を昂《たか》ぶらせた。

連れ合いのつなも、おみさ当人も、正助同様に顔を上気させていた。

宴席では派手ではないが、見るからに上物を身につけた父親精六と、次男真次郎が待っていた。

おみさは真次郎の顔を覚えていた。

「どうも、あの折りは」

真次郎に笑いかけられたおみさは、頰を朱に染めてうつむいた。

両国橋西詰の料亭、ふさもとでの会食は終始和《なご》やかに運んだ。

「白金村までご足労いただくのは、まことに難儀をかけて忍びない。今後の段取りは、てまえどもはすべてを与八さんに任せますが、粉雪屋さんにご異存はございませんか？」

異存など、あろうはずもなかった。

正助たちは、老舗《しにせ》料亭のもてなしと料理に、すっかり気のぼせしていた。

「気の早いことを申し上げるようですが、今日の佳《よ》き日をきっかけに、今後は親戚付き合いをさせてくださいい」

精六に申し出られた正助は、返事の言葉が出ないほどに気を昂ぶらせていた。

料亭の費《つい》えは、もちろんのこと平田屋が負った。五重の折詰めまで用意されていた。

宴席から数日後に、与八は粉雪屋に顔を出した。正助はまんじゅう作りの手をとめて、与八の相手をした。

「平田屋さんは、すっかりご主人の人柄に惚れ込んだ様子です」

正助を散々に持ち上げたのちに、与八は本題に入った。

「祝言《しゅうげん》となれば、どうしても両家の財産目録の取り交わしが入り用となります」

平田屋ほどの大店ともなれば、財産目当ての祝言ではないかと、親戚筋がうるさく口を挟んでくる。それを黙らせるには、両家が財産目録を取り交わすのが一番早いと与八は続けた。

「うちは見ての通りのまんじゅう屋です。財産と言われても、蓄えが七十両あるだけです」

「そうですか……」

与八はわざと大きなため息をついた。

「二万七千両の蓄えがある平田屋さんとでは、いかになんでも釣り合いません」

せめて二百両の見せ金を用意できないかと、与八は思案顔で問いかけた。

「とてもそんなカネは用意できません」

答えた正助は、吐息を漏らした。

「それではこうしましょう」

与八はひとつの思案を正助に示した。

七十両の蓄えは、それを小判に両替する。

あとの百三十両は、与八が昵懇《じっこん》にしている金貸しに証文を入れて一日だけ借り受ける。

一日の借り賃は、強く掛け合って一両で勘弁してもらう。

借り受けたカネと両替した蓄えとを合わせて、二百両の小判を用意する。そのカネを三方《さんぽう》に載せて平田屋の座敷で親戚筋に見せる。

「粉雪屋さんのまんじゅうが美味《うま》いのは、親戚筋も承知しています。そのうえに二百両のカネを蓄えてあると見せれば、うるさい連中も黙ります」

与八は言葉巧みに正助、つな、おみさの三人を騙した。

財産目録を取り交わすという当日、正助は紋付き袴《はかま》の正装で平田屋に向かった。途中の赤羽橋《あかばねばし》で、与八は金貸しの店に立ち寄った。正助は証文に署名し、持参した印形《いんぎょう》を捺印した。

「今日の暮れ六ツまでに百三十両と、貸し賃の一両を加えて返してもらいますよ」

金貸しのあるじは、光る目で正助を睨《にら》みつけた。正助はなにやら胸騒ぎを覚えたが、いまさら取りやめることはできない。

「お借りします」

証文と引き替えに受け取った百三十両は、その場で与八に預けた。

平田屋は間口が二十間（約三十六メートル）もある大店だった。

通りの端で、与八は手提《てさ》げの袋から三方を取り出した。金貸しから借りた百三十両と、正助が持参してきた七十両を、半紙を敷いた三方に載せた。

「番頭さんと段取りを話し合ってきますので、少々ここで待っててください」

三方を手にした与八は、平田屋に入った。

それっきり戻ってはこなかった。

八

百三十両を用立てた金貸しも、騙りの一味だった。しかし証文を差し入れた正助には、髪の毛一本ほどの勝ち目もなかった。

七十両の蓄えは、一両残らず騙し取られた。

借りた百三十両のカタに、まんじゅう屋の家作を乗っ取られた。しかし、それで埋め合わせになるわけがない。

「娘を女衒《ぜげん》に売り飛ばして、カネを作ってもらうぜ」

おみさの器量よしに目をつけての騙りだったのだ。

まんじゅうの評判がいいことで、蓄えも充分にあると読まれていた。

おみさは女衒に連れ去られる前夜に、晋平と話をした。まだこどもだった晋平は、おみさの苦境が呑み込めなかった。

話している途中で、おみさは何度も夜空を見上げた。

数限りない星はおみさの胸の内のつらさとは無縁に、互いにきらめきを競い合っていた。

いつものおみさならこんな星のきれいな夜は、星の美しさと、星にまつわるおとぎ話を晋平に聞かせてくれた。

この夜は、黙って星空を見上げていた。

「なんにもなくなったけど、これを受け取って……」

おみさが手渡したのは、ただの素焼きの砂糖壺だった。

「遠くに行くからもう会えないけど、あたしだと思ってそばに置いてね」

手渡されたとき、おみさの背後の夜空を星が流れた。

大事にしてねと言われた砂糖壺だったが、晋平は取り落として粉々に割ってしまった。

当初は悲しかったが、ときの流れのなかで砂糖壺のことも、おみさも忘れていた。

二十八年が過ぎてから、おみさに渡されたものと同じ砂糖壺が手に入った。

もう割りません。
大事にしますから、おねえさんもお達者で。
大川の川面《かわも》に向かってつぶやいた。
カモメが羽ばたいて、晋平に応えた。

解説

縄田一男

山本一力さんは、いま、自《みずか》らの故郷の歴史的人物に題材をとった大河小説、『ジョン・マン』と『龍馬奔《はし》る』を並行して書きながら、昨二〇一一年十一月には、はじめての児童文学『とっぴんしゃん』を刊行した。

この作品は、小学生向けの新聞に連載されたもので、門前仲町と冬木町の子供たちの年に一度の技競べ＝運動会にはじまり、後半は誘拐事件のスリルをめぐって少年探偵団風の展開もあり、正に興趣満点。一力さんは子供相手だからといって、一切手抜きなし、真向勝負で作品を書いている。あたかも、往年の巨匠、大佛次郎《おさらぎじろう》が『鞍馬天狗・角兵衛獅子』を、吉川英治が『神州天馬俠《しんしゅうてんまきょう》』を書いたように――。

そして作品の中、子供たちは、技競べ等々を通じて、ちょっぴり成長していくのだが、もう一つ見逃せないのは、その子供らを成長させる大人たちはかくあるべし――子供らを通して理想の大人の像を逆照射している点なのである。かつては、大人は子供のお手本になるべく、さまざまな場面で我慢をし、それを是としてきた。しかしながらバブル全盛期に大人たちのたがはずれ、バブル崩壊から今日のリーマンショック後の世界では、少年の心を持ったなどといいつつ、大人になり切れない男のいかに多いことか。一力さんは、児童文学の手法を逆手にとってそこまで踏み込んでいるように思えてならない。

家族みんなで読んでもらいたい傑作の登場といえよう。

さて、本書『晋平の矢立』は、二〇〇二年四月から二〇〇九年三月まで「問題小説」に断続的に連載され、二〇〇九年四月、徳間書店から刊行された嬉しくなるような一巻である。一力さんの作品には、直木賞を受賞した『あかね空』をはじめとした〈家族力〉をテーマとした作品や、『ほうき星』あたりにはじまり、前述の『ジョン・マン』や『龍馬奔る』など、故郷土佐への思いに端を発するもの、さらには、江戸職人尽くしとでもいうべきさまざまな作品がある。

その中で『晋平の矢立』は、深川にその人ありと知られた、建替え普請のために家屋を壊す「壊し屋」の名人であり、特に蔵の壊しなら、ひけはとらず、加えて、壊しの蔵から出てくるものを見ているうちに、道具を商うようになった〝伊豆晋〟の晋平が主人公——とくれば、当然のことながら、江戸職人尽くしの系列に入るわけだが、それだけではない。嬉しいことに、この長篇は、私が一力さんの作品の中で、『道三堀《どうさんぼり》のさくら』等と同じく、ひそかに〝男唄〟と名づけているものの一つではないか。

男が自分の心の中に抱えている三種の神器は、見栄と器量と心意気である。男は自分が男である限りは、この三つは、どんなに辛くても、口を真一文字に結んで守り通さなくてはならない。それは理屈ではない。誰が何といおうと、自分が男だからである。

作品は、享保二年正月、大火に見舞われた江戸は尾張町の肝煎《きもいり》五人衆が、焼け残った土蔵の取り壊しを〝伊豆晋〟に依頼しにくるところからはじまる。ところが、「江戸のどこよりも折り目正しい」という尾張町にとって伊豆晋が住む大川の東側は、「川向こう」と呼ばれる一段下に見られる新開地である。

巻頭の「船簞笥」は、もうはじめから意地の張り合いで、前半は、そうした意地の張り合いを乗り越え、互いが互いを男と認め、ようやく信頼関係が生まれるまでが描かれている。読者は、はじめ肝煎五人衆を嫌な目で見てしまうかもしれないが、「どの履物も、極上の藺草《いぐさ》を用いた別誂《べつあつら》えの雪駄である。土間に脱がれた五足の履物が、尾張町の風格を謳いあげていた」と記されているように、彼らもまた、男は見栄をはってナンボの代物であることを充分、心得ている。

それを、現場差配の孔明らを従えた晋平の器量が、見事に呑み込んでしまうのである。あとは、壊し屋としての〝伊豆晋〟の心意気と五人衆の都合が、どう折り合いをつけて行くかの問題が残るまでである。

ここで、いわずもがなのことながら、一力さんの文章は、平明かつ達意の文章で、千万言を費やすよりも、一行あれば、男の心底というものを間違いなく表現できる。その小気味良さといったらない。

そして上方からの助っ人、一通《ひっつう》の登場を経て、いよいよ物語がすべり出す。解説の方を先に読んでいる方がいるといけないので詳述は避けるが、人の思いのこもった道具は、確かに新しい縁を生むのである。

続く「うずくまる」は、道具の名前が題名になっており、晋平が、犬をめぐってきつい掛け合いをしなくてはならなくなる話である。身内の責めは自分できっちり取りつつも、掛け合いの相手、徳力屋九兵衛に「あの男の値打ちは軽くありませんから」いい放つ晋平。そして、「寅（犬の名前）を手なずけたあんたの言うことだ、わたしも考えてみよう」という九兵衛——よく昔の東映オールスター映画で、重役スターの片岡千恵蔵と市川右太衛門が刀を抜いてにらみ合うも、両御大の顔を立てるため、いざ対決というときに、どちらかが、「男の心底、見えた！」といって納刀するという馬鹿馬鹿しい場面があったが、晋平と九兵衛の場合は違う。少しも大げさでなく、二人は自分の仕事にプロとして命を賭しているのである。

次の「すんころく」と「なで肩」は、前後篇の体裁をとっているが、「すんころく」のラスト一行にびっくりされた方も多いだろう。

そしてこの一巻、全篇を通じての名場面といえるのが、「なで肩」において晋平が、懇意にしている平野町の貸元、徳俵の伊兵衛から「筋の通らねえ話を持ち込むやつは、相手が武家でも容赦しねえ貸元だ。肝の太さでいえば、芝の親分と互角だろう」「肚をくって向かわねえと、潰されるぜ」と聞かされた。箱崎町の貸元、あやめの恒吉の下へ談判に行くくだりではないか。

いまにも雨が降り出しそうな梅雨空の下、晋平は、恒吉の真意をはかりかねている。そしてたった一人で出向くのは「ひとつは壊し屋としての面子である」。さらに「新規の蔵普請」の「基礎工事はこれからである」からだ。加えて、これも未読の方のために記さないが「憧れのひとを、こともあろうに騙《かた》りに使われた」。それが晋平には許せなかった」のである。が、さすがの晋平も迷いに迷う——「逃げてどうする」と。

この話で素晴らしいのは、二匹の犬に吼《ほ》えられている、生まれてさほど月日の経っていない一匹の子犬を登場させている点であろう。どれだけ吼え立てられても子犬は二匹を睨みつけたまま、吼え返さない。そして「尻尾は垂れておらず、くるっと巻いたままだ」(傍点引用者)——実に巧みな犬に仮託された晋平の心情描写ではないか。かつ、この子犬の何と可愛らしいことか。

　さて、この一巻も次の「砂糖壺」で幕となる。この話で一力さんがいっているのは、道具の価値などというものは値段では決まらない。価値を決めるのは、そのものに対する買い手の思いである、ということだ。さらに道具同様、人間の贋物も、真の目利きにとっては、取るに足らぬ泡のようなもの——そして、いままで、さんざん、男たちの心意気を見せられてきた私たちは、最後の最後で思わず手巾をしぼることになる。

　いま、この解説を書き終えて、私には次の感想があるばかりだ。それは、この一巻とめぐりあえた読者すべてに共通することだろうが、実に気持ちがいい。

　これだから一力さんの小説はやめられないのだ。

(二〇一二年二月　徳間文庫初刊より再録)

この作品は2012年2月に刊行された徳間文庫の新装版です。

徳間文庫

晋平《しんぺい》の矢立《やたて》

〈新装版〉

2021年6月15日　初刷

著者　山《やま》本《もと》一《いち》力《りき》

発行者　小宮英行

発行所　株式会社徳間書店

東京都品川区上大崎三−一−一　〒141−8202
目黒セントラルスクエア

電話　編集〇三(五四〇三)四三四九
販売〇四九(二九三)五五二一

振替　〇〇一四〇−〇−四四三九二

印刷
製本　大日本印刷株式会社

ISBN978-4-19-894655-5　(乱丁、落丁本はお取りかえいたします)